Rudolf Knoll
Das Schmunzelbuch
vom Wein

Rudolf Knoll
Das Schmunzelbuch vom Wein

Witze – Sprüche – Anekdoten

Seewald Verlag
Stuttgart

Dritte Auflage 1984

Umschlag: Claudia Böhmer.
Gesamtherstellung F. L. Wagener, Lemgo
Printed in Germany ISBN 3 512 00644 2

Inhalt

Dieses Buch macht den Arzt (fast) überflüssig

Lachen Sie nicht! Dieses Buch will Medizin sein. Gewissermaßen eine mit doppelter Wirksamkeit, wenn Sie meinen Therapieratschlag voll beherzigen, der da lautet: Beim Lesen ein Fläschchen Wein entkorken.
Hinter diesem Rat versteckt sich einfache Logik. Daß Wein gesund ist, haben schon alle möglichen großen Geister von Hippokrates bis Goethe versichert. Und auch die moderne Medizin hat durchaus ein offenes Ohr für diese These. Zahlreiche Fachärzte haben in den letzten Jahren schwarz auf weiß den Wein gepriesen, etliche Untersuchungen haben bewiesen, daß Wein – in angemessener Dosierung – gesundheitsfördernde Wirkung hat.
Lachen ist die beste Medizin – sagt der Volksmund. Aber nicht nur der. Der amerikanische Arzt Dr. James J. Walsh meinte bereits vor fünfzig Jahren: »Die beste Formel für die Gesundheit des Menschen kommt in der mathematischen Gleichung zum Ausdruck: Die Gesundheit ist proportional zur Häufigkeit und Intensität des Lachens!« Charles Dickens hat vor zweihundert Jahren aufgezeichnet, daß ein Taubstummer nach mehreren herzhaften Lachanfällen plötzlich wieder sprechen und hören konnte. Und die Therapie des englischen Journalisten Norman Cousins, den eine zur Gelenkversteifung führende Wirbelsäulenentzündung plagte, bestand in komischen Filmen, die er sich täglich ansah und dabei schallend lachte. Inzwischen ist Cousins geheilt und hat über sein Gesundwerden ein Buch geschrieben.
Auch bei den Naturvölkern ist die Lachmedizin nicht unbekannt. So verfügten beispielsweise Indianerstämme über regelrechte »Clown-Ärzte«, die mit ihren Späßen Lachanfälle erregten – was die »Dämonen der Krankheit« erschreckt das Weite suchen ließ.
Was Sie, verehrte Leserin, geschätzter Leser, jetzt in der

Hand halten, ist ein »Schmunzelbuch vom Wein« mit vielen Witzen, heiteren Episoden und lustigen Anekdoten. Damit will ich keine Dämonen austreiben. Aber es soll Ihnen Freude bereiten, wobei ich gegen Lachanfälle nichts einzuwenden habe.

Der Wein kann dabei förderndes Mittel sein. Denn wie schon der Kirchenlehrer und Heilige Augustinus meinte: »Wein verscheucht die Traurigkeit der Seele.«

Wein und Lachen zusammen, das sind wahre Naturgewalten. Beide sind gut für die Gesundheit, gemeinsam machen sie den Arzt (fast) überflüssig! Daß beim Wein gern geschmunzelt und gelacht wird und nicht nur hochphilosophische Gespräche an der Tages- (und Nacht-) Ordnung sind, war wohl immer schon Brauch. Schließlich haben die beiden Komponenten dieses Buches noch eine Gemeinsamkeit: Nicht nur im Wein, auch im Witz steckt viel Wahrheit.

Zahlreiche der Witze über Weinfälschungen und sonstige Manipulationen sind alt – aber doch immer wieder aktuell. Ebenso ist das gestörte Verhältnis mancher Ehefrau zur Zechlust ihres Gatten von großer Zeitlosigkeit. Gleiches gilt vom innigen Bund der Geistlichkeit mit dem geistigen Getränk. Schließlich führt der Alkohol im Wein den Mann zu tollsten Kapriolen, nicht erst seit gestern, sondern das war schon so im Altertum.

Die Grenzen zwischen dem typischen Witz, der lustigen Erinnerung aus alten Zeiten und der Erzählung, die ein sanftes Lächeln in die Gesichter zaubert, sind eigentlich fließend. Die meisten Witze haben im Grunde genommen wahrscheinlich ihren Ursprung in einem tatsächlichen Geschehen; in weiteren Berichten wurden sie dann verfeinert, die Pointen ausgeschmückt, an andere Orte, in andere Gegenden verlegt. Etliche der Geschichten in diesem Buch haben eine lange Wanderschaft hinter sich. Man findet sie im Württembergischen und im Rheingau, in Österreich und in Franken, an der Mosel und im Badischen.

Das war auch mit ein Grund, warum ich weitgehend auf mundartliche Wiedergabe der Schmunzeleien verzichtet und diese »Witze ohne rechte Heimat« eingedeutscht habe.
Letztlich aber bleibt's ein Kaleidoskop volkstümlichen Humors, das hier zusammengestellt ist und wofür ich manche Notiz heimlich im weinfröhlichen Kreis machte. Denn die beste Quelle für ein solches Buch ist immer noch die Devise: Schau den Leuten aufs Maul!
Nach dieser ungalanten Bemerkung sollen Sie indes nicht länger vom Schmunzeln oder Lachen abgehalten werden. Dazu möchte ich Ihnen noch eine Weisheit (nicht von mir) mit auf den Weg geben:
»Drei Trünke sind dem Menschen erlaubt: einer zum Durst, der andere zur Lust, der dritte zur Fröhlichkeit, was darüber ist, bringt Trunkenheit!«

Ein denkwürdiges Interview:
Also sprach Johann Wolfgang . . .

Der Autor und sein Gesprächspartner,
im Bild festgehalten
von Karin Parker

Deutschlands Dichterfürst Johann Wolfgang von Goethe (1749 bis 1832) sprach und schrieb viel über Wein. Und bei allem Respekt vor dem bedeutenden Reimer: Er genoß den Rebensaft auch in einem Maße, das normalerweise der Leber nicht zuträglich ist. Trotzdem (oder gerade deshalb?) wurde Goethe 82 Jahre alt, was heute noch gern als Beweis für die Verträglichkeit des Weines gewertet wird. Die angenehmen Wirkungen des Weines auf seinen Organismus hat Johann Wolfgang gegenüber dem Autor dieses Buches in einem denkwürdigen Interview bestätigt.

Autor Knoll: Herr Geheimrat, wie hat das mit Ihnen eigentlich angefangen?
Goethe: So ward ich denn geboren oder vielmehr aus der Mutter herausgezogen, fast wie tot, mit schwarzem, krausen Haar. In einem Bad heißen Weines, das einem anderen hätte gefährlich werden können, kam ich zu Kräften.
Autor Knoll: Der Wein hatte für Sie also von Anfang an gewissermaßen existentielle Bedeutung. Ist dies heute noch so? Tut Ihnen der Wein nach wie vor gut?
Goethe: Der gestrige Wein hat wieder seine wohltätigen Wirkungen gezeigt. Ich habe sehr gut geschlafen und befinde mich wohl.
Autor Knoll: Sicherlich sind Sie einverstanden, wenn ich Ihnen zur Erbauung während unseres Gespräches einen Wein kredenze. Bitte sehr!
Goethe: Setze nicht, du Grobian,
mir den Krug so derb vor die Nase!
Autor Knoll: Entschuldigen Sie, Herr Geheimrat, das war ein Versehen. Aber sagen Sie, wie schmeckt Ihnen der Wein?
Goethe: Mich ergreift, ich weiß nicht wie, himmlisches Behagen. Will mich's etwa gar hinauf zu den Sternen tragen?
Frisch, Herr Nachbar, getrunken! Denn noch bewahrte vor Unglück Gott uns gnädig und wird auch künftig uns also bewahren.

AUTOR KNOLL: Danke, mit Ihnen trinke ich am liebsten, Herr von Goethe . . .
GOETHE: Trunken müssen wir alle sein! Jugend ist Trunkenheit ohne Wein; trinkt sich das Alter wieder zur Jugend, so ist es wundervolle Tugend.
AUTOR KNOLL: Gemach, gemach, Herr Geheimrat. Denken Sie daran, daß wir uns ernsthaft über Wein unterhalten wollten. Und immerhin waren Sie ja wohl nicht zu jeder Zeit ein großer Weinfreund. Ihnen wird der Spruch zugeschrieben: Wenn ich den Wein abschaffen könnte, wär ich glücklich. Sind Sie da etwa an den falschen Wein geraten? Woran erkennt man überhaupt guten Wein?
GOETHE: Die Güte des Weines hängt von der Lage ab, aber auch von der späteren Lese. Hierüber liegen die Armen und Reichen beständig im Streite; jene wollen viel, diese guten Wein.
AUTOR KNOLL: Welchen Wein wollen Sie?
GOETHE: Sende mir noch einige Würzburger, denn kein anderer Wein will mir schmecken, und ich bin verdrießlich, wenn mir mein gewohnter Lieblingstrank abgeht.
AUTOR KNOLL: Sie haben ja beim Weingenuß offenbar feste Prinzipien . . .
GOETHE: Soll denn doch getrunken sein, trinke nur vom besten Wein!
AUTOR KNOLL: Dem kann ich nur beipflichten. Trinken Sie auch bei Ihren dichterischen Schöpfungen Wein? Fördert er Ihre Schaffenskraft?
GOETHE: Es liegen im Wein allerdings produktivmachende Kräfte sehr bedeutender Art. Wenn Ihr Wein getrunken habt, seid Ihr alles doppelt, was Ihr sein wollt, noch einmal so leicht denkend, noch einmal so unternehmend, noch einmal so leicht ausführend.
AUTOR KNOLL: Kann man nicht völlig nüchtern besser arbeiten?
GOETHE: Solang man nüchtern ist, gefällt das Schlechte; wie man getrunken hat, weiß man das Rechte.

AUTOR KNOLL: Befreit Sie der Wein von gedanklichen Fesseln?
GOETHE: Es lebe die Freiheit, es lebe der Wein! Der Wein, er erhöht uns, er macht uns zum Herrn.
AUTOR KNOLL: Der Wein ist also für Sie zweifellos mehr als nur ein Getränk . . .?
GOETHE: Daß aber der Wein von Ewigkeit sei, daran zweifl' ich nicht; oder daß er von den Engeln geschaffen sei, ist vielleicht auch kein Gedicht. Der Trinkende, wie es auch immer sei, blickt Gott frischer ins Angesicht.
AUTOR KNOLL: Hat der Wein auch Ihre Einstellung zum Leben geprägt?
GOETHE: Ich habe all mein Leisten und Wirken immer nur symbolisch angesehen, und es ist mir im Grunde immer ziemlich gleichgültig gewesen, ob ich Töpfe machte oder Schüsseln.
AUTOR KNOLL: Sie tiefstapeln, Herr Geheimrat. Wie ich vernommen habe, interessieren Sie sich sogar intensiv für das Werden des Weines und haben sich Gedanken über seinen Anbau gemacht.
GOETHE: Der Wein will magre Nahrung an Bergen und viel Sonne haben, in der Plaine wird er schwer. Die Feuchtigkeit, die zudringt, kann nicht genug ausgekocht werden, es gibt einen ungeschlachten Trank.
AUTOR KNOLL: Sie scheinen sich in den Weinbergen auszukennen. In welcher Jahreszeit streifen Sie denn am liebsten durch einen Wingert?
GOETHE: Nach mancherlei Früchten des Sommers und Herbstes war aber doch zuletzt die Weinlese das Lustigste und am meisten Erwünschte. Ja, es ist keine Frage, wie der Wein selbst den Orten und Gegenden, wo er wächst und getrunken wird, einen freieren Charakter gibt.
AUTOR KNOLL: Was treiben Sie in dieser Zeit im Weinberg?
GOETHE: Fast den ganzen Tag bin ich sodann im Freien und halte geistige Zwiesprache mit den Ranken der Wein-

rebe, die mir gute Gedanken sagen und wovon ich Euch wunderliche Dinge mitteilen könnte.

AUTOR KNOLL: Können Ihnen – und uns – diese Gedanken auch mitteilen, wie der nächste Wein wird?

GOETHE: Wenn sich der Most auch ganz absurd gebärdet, es gibt zuletzt doch noch e' Wein.

AUTOR KNOLL: Sie sind, wie wir wissen, nicht nur dem Wein zugetan, sondern auch den Frauen. Sehen Sie in beiden Beziehungen einen Zusammenhang?

GOETHE: Wenn man nicht trinken kann, soll man nicht lieben; doch sollt Ihr Trinker Euch nicht besser dünken. Wenn man nicht lieben kann, soll man nicht trinken.

AUTOR KNOLL: Heißt das, daß der Wein gut für die Ehe ist?

GOETHE: Zwar Wein beschweret oft den Kopf, doch der tut manchem Ehetropf wohl zehnmal weher.

AUTOR KNOLL: Wer liebt, verliert oft den Verstand. Wer Wein trinkt, ist auch nicht ganz ungefährdet. Kann man deshalb Wein und Liebe miteinander verbinden? Vielleicht können Sie etwas aus eigener Erfahrung plaudern . . .?

GOETHE: Es ist die Liebestrunkenheit, die mich erbärmlich plagt, von Tag zu Nacht, von Nacht zu Tag!

AUTOR KNOLL: Können Sie nicht Verzicht üben?

GOETHE: Ohne Wein und ohne Weiber hol' der Teufel unsre Leiber!

AUTOR KNOLL: Sie sind sehr offenherzig, Herr Geheimrat. Gestatten Sie jedoch, daß ich im Interesse meiner jugendlichen Leser nun unser Gespräch beende und auf Ihr Wohl das Glas erhebe.

GOETHE: O Trank voll süßer Labe! O wohl dem hochbeglückten Haus, wo das ist kleine Gabe! Ergeht's Euch wohl, so denkt an mich. Und danket Gott so warm, als ich für diesen Trunk Euch danke.

Geschichten aus der Weingeschichte

Unser deutscher Teufel wird ein guter Weinschlauch sein und muß Sauf heißen.
Martin Luther

Gottes Tränen

Es war einmal ein Schwabe (er muß wohl aus dem Allgäu und nicht aus Württemberg gekommen sein), der auf dem Weg nach Rom war. Unterwegs kehrte er in eine Gaststätte ein und verlangte zu trinken. Da man in Italien von altersher fast nur Wein trinkt, setzte ihm der Wirt einen Krug mit Rebensaft vor.
Der Schwabe, der noch nie Wein getrunken hatte, hob den Krug an den Mund, nahm einen langen Schluck und schnalzte danach vergnügt mit der Zunge. »Ei, was für ein köstlicher Tropfen. Was ist denn das, Herr Wirt?«
Der erkannte wohl, daß er keinen Weinkenner bedient hatte, und erzählte scheinheilig: »Das sind Gottes Tränen!«
Da hob der Schwabe die Augen gen Himmel und klagte: »Ach, Herrgott, hättest Du doch auch in unser Land geweint.«

Kein Säufer

Die alten Rabbis wußten den Wein sehr wohl zu schätzen. Dies traf gewiß auch auf Rabbi Simeon zu, der eines Tages Rabbi Ismael seine Aufwartung machte.
Dem Gebot der Höflichkeit entsprechend, setzte Ismael seinem Gast einen Becher Wein vor, den dieser ergriff und mit einem Zug leerte. Auch dem zweiten Becher, den Ismael sofort folgen ließ, erging's nicht anders.
Da sprach der Gastgeber mahnend: »Ist der Herr nicht der Meinung, daß der, welcher seinen Becher mit einem Zuge leert, ein Säufer ist?«

»Gewiß«, konterte der Gast, »allein das läßt sich nicht sagen in bezug auf Deine Becher, die klein sind, Deinen Wein, der süß ist, und meinen Bauch, der weit ist.«

Der geräucherte Türke

Es war anno 1532 im Weindorf Purbach am Neusiedlersee. Die Türken waren eingefallen, die Bewohner vorher aber geflüchtet. Natürlich inspizierten die Ortsbesetzer besonders die Weinkeller. Dabei mutete sich ein türkischer Soldat etwas zuviel zu und schlief seinen Rausch noch aus, als sein Trupp Purbach längst wieder verlassen hatte.
Als er mit Schrecken erwachte, flüchtete er in den Rauchfang. Aber die heimgekehrten Bewohner entdeckten ihn, konnten ihn jedoch nicht fassen. Bis sie sich einer einfachen Methode entsannen: Man räucherte den Türken aus. Später wurde er vom Gericht dem Besitzer des Hauses als Knecht übergeben. Der Überlieferung nach errichtete der Bauer nach dem Tod seines »geräucherten Türken« eine Büste auf dem Schornstein.

Verteidigung

Ein Richter aus Dalmatien war häufig bei einem Edelmann zu Gast, der ihn köstlich bewirtete, weil er den Humor des Richters zu schätzen wußte. Natürlich wurde auch guter Wein serviert, zu dem sich der Richter stets einen Krug Wasser reichen ließ, ohne daß ein Tropfen davon über seine Lippen kam.
Dem Edelmann blieb der seltsame Brauch seines Gastes nicht verborgen. So fragte er: »Sagt mir doch, mein Freund, warum bestellt Ihr immer Wasser, trinkt aber nie davon?« Der Richter stellte eine Gegenfrage: »Warum tragt Ihr Euer Schwert immer an der Seite und benutzt es doch nie?«
»Ich trage es vorsorglich, um mich verteidigen zu können, falls mich jemand angreifen sollte.«

»Nun seht, in der gleichen Lage befinde ich mich auch«, erläuterte schmunzelnd der Richter. »Ich will das Wasser zur Verteidigung parat haben, sollte mich der Wein jemals angreifen. Bis jetzt hat er dies noch nicht getan, und so lasse ich den Wein in Frieden.«

Guter Grund

Aus Frankreich stammt die Historie von einer adeligen Witwe, die dem Wein einfach nicht widerstehen konnte. Ihre Verwandten und vor allem ihre Töchter machten ihr immer wieder Vorhaltungen. Aber die Dame gab stets zu verstehen, daß sie am Boden jedes Bechers, den sie leerte, ihren verblichenen Gatten erblicke, was schließlich ein guter Grund sei, möglichst viele Becher bis zum letzten Tropfen zu leeren.

Daraufhin ließ die Familie den Becher verschwinden und gab der Weinfreundin einen Pokal, auf dessen Grund eine abscheuliche Teufelsfratze gemalt war. Dieser Anblick, so meinte man, würde heilsam sein. Aber es gab eine Enttäuschung. Wie vordem leerte die Witwe den Pokal bis auf den Grund.

Nun sagten es ihr die Verwandten ins Gesicht, daß die Sache mit dem Anblick ihres Gatten nur Schwindel gewesen sei, da sie doch jetzt ebenfalls ihr Glas leer trinke, obwohl statt des geliebten Gatten eine Teufelsfratze zu erblicken sei.

»Ich weiß schon, was ich tue«, lautete die Antwort. »Ehe ich diesem schlimmen Teufel auch nur einen Tropfen gönne, leere ich den Pokal bis auf den Grund. Und wenn ich dabei zerplatzen würde!«

Hoher Galgen

Lange vor den Italienern bauten die Griechen schon hervorragenden Wein an, auf den sie stolz waren, während sie die italienischen Gewächse mit Spott bedachten.

Es begab sich, daß eines Tages ein griechischer Diplomat von seinem König in politischer Mission nach Unteritalien gesandt wurde. Seine Gastgeber servierten ihm stolz ihren Wein, der – so war es vor gut 2000 Jahren noch gebräuchlich – an Baumreben gewachsen war, die sich an stattlichen Bäumen hochrankten. Das Getränk indes beleidigte die verwöhnte Zunge des Griechen, so daß er sich die spöttische Bosheit nicht verkneifen konnte: »Die Mutter dieses Weines hängt mit Recht an einem so hohen Galgen!«

Die Binger Ratsherren

Die nachstehende Geschichte wird den Ratsherren der Stadt Bingen zugeschrieben, sie kann sich aber auch in vielen anderen Städten zugetragen haben. Jedenfalls war's bei einer großen Sitzung, für die man sich vorher, getreu dem Brauch der alten Perser, entsprechend mit einem guten Wein gestärkt hatte. Es wurde heftig diskutiert – der Wein hatte die Zungen gelöst. Die Meinungen wogten hin und her, und allmählich verlor der Bürgermeister die Übersicht.

»Moment, meine Herren«, unterbrach er das Redegewirr. »Wir wollen uns doch die verschiedenen Vorschläge, die hier gemacht werden, auch notieren. Kann mir dafür jemand einen Bleistift borgen?«

Einundzwanzig Ratsherrenhände griffen in die Hosentaschen – aber nicht mal ein winziger Bleistiftstummel kam zum Vorschein.

Der Bürgermeister wußte Rat. »Wir unterbrechen die Sitzung, bis wir etwas zum Schreiben bekommen haben. Einstweilen darf ich den Herren noch einige Flaschen zur Überbrückung der Wartezeit aus dem Keller kommen lassen.«

Es dauerte nicht lange, und der Ratsdiener hatte die Flaschen in den Saal gebracht. Der Bürgermeister durchsuchte seine Taschen, stutzte und wandte sich dann verle-

gen an seine Mannschaft: »Ich habe doch tatsächlich keinen Korkenzieher bei mir. Kann mir einer der Herren helfen?«
Einundzwanzig Hände fuhren in die Hosentaschen. Und einundzwanzig Korkenzieher kamen zum Vorschein.

Verschleuderter Jahrhundertjahrgang

Es war anno 1811. Am Himmel erschien ein Komet, und im Januar gefror der Rhein. Das berühmte Schloß Johannisberg im Rheingau, vordem von Klosterbrüdern bewirtschaftet, war nach der Säkularisation in die Hände des Marschalls Kellermann übergegangen. Dieser wackere Krieger, der bei der Kanonade zu Valmy siegreich war, bewies auf anderem Sektor nicht eben eine sichere Hand. Er ließ das Schloß, so wird behauptet, von seiner Mätresse verwalten, was dem einzigen noch verbliebenen Benediktinerpater, der zugleich Kellermeister war, aus verständlichen Gründen suspekt erschien.
Vielleicht wollte der Pater Kellermeister dem Schloßherrn seine Mißbilligung ausdrücken. Jedenfalls überredete er ihn bereits im Frühjahr, den Jahrgang zu verkaufen. Der für den Wein bis dahin nicht gerade günstige Witterungsverlauf schien ihm auch recht zu geben. Aber es kam dann alles ganz anders.
Der 1811er, von dem später Goethe in höchsten Tönen schwärmen sollte, wurde nach einem heißen, trockenen Sommer ein Jahrhundertjahrgang. Auf Schloß Johannisberg wurden 60 000 Liter von diesem exzellenten Tropfen gewonnen – die bereits für 32 000 Gulden an den Frankfurter Bankier und Weinhändler Peter Arnold Mumm verkauft worden waren. Der konnte diesen Wein weiterverkaufen, allerdings für das Zwölffache!
Was seinerzeit Marschall Kellermann seinem Kellermeister erzählt hat, ist nicht überliefert. Nur soviel: Mumm konnte sich vom Erlös in der Schloß Johannisberger

Nachbarschaft ein Weingut kaufen und wurde somit zum Konkurrenten.
Heute hat das keine Bedeutung mehr, da beide Betriebe in der Johannisberger Weingüterverwaltung zusammengefaßt sind. Aber die Geschichte vom verschleuderten Jahrhundertjahrgang wird immer noch gern bei Proben auf Johannisberg erzählt. Nur, verschleudert werden heutzutage weder die Weine vom Schloß noch vom Mumm'schen Weingut. Weinhändler dürfen jede Hoffnung fahren lassen . . .

Alternative

Es gibt ja die schöne Frage nach dem Unterschied zwischen einer Partei und einer Telefonzelle, die so beantwortet wird: »Bei einer Telefonzelle wirft man zuerst Geld rein und wählt dann . . .«
So betrachtet könnte man also getrost zur Wahl-Alternative schreiten, wie es Felix Dahn, Professor der Jurisprudenz in Würzburg in den sechziger Jahren des vergangenen Jahrhunderts, und der Theologe Franz Seraph Hettinger eines Tages praktizierten. Jahrelang waren die beiden hintereinander zur Wahl des Rektors und der Senatoren marschiert und hatten dort gegeneinander gestimmt.
An einem außerordentlich schwülen Wahltag begegnete Dahn dem Theologen vor dem wichtigen Gang auf der Straße und meinte: »Ach, hochwürdiger Herr Collega, es ist gar so heiß. Wissen Sie was? Anstatt in die Wahl zu gehen und dort schwarz und weiß zu stimmen, gehen wir beide doch besser miteinander zu Haderlein und trinken einen guten Schoppen. Das Ergebnis für die Wahl und die Weltgeschichte ist dann das gleiche, als wenn wir uns gegenseitig schwitzend niederstimmen!«
»Ausgezeichnet«, lachte der joviale Theologe, ergriff Dahn am Arm und ging mit ihm »schöppeln«.

Schleckereien

Da hatte ein Moselwinzer mal ein wunderschönes Weinchen, dem er einen verkaufskräftigen Namen geben wollte. »Moselblümchen« nannte er es schließlich – und hatte prächtigen Verkaufserfolg.
Dies vernahm ein Winzer an der nahen Ahr. Flugs brachte er ein »Ahrblümchen« auf den Markt und machte dem Moselaner Konkurrenz.
Im darauffolgenden Jahr war's wieder so. Diesmal nannte der Moselwinzer seinen Wein »Moselgold«. Wenige Wochen später gab es auch ein »Ahrgold«. Jetzt sann der Moselaner auf Abhilfe und Rache. Beim nächsten Jahrgang hatte er schließlich die glorreiche Idee mit einem »Moselschleckerchen«! Diesmal zog der Ahrwinzer nicht nach . . .

Große Geister und der Weingeist

O du unsichtbarer Geist des Weines, wenn du noch keinen Namen hast, an dem man dich kennt, so heiße Teufel! *Shakespeare*

So nicht!

Der griechische Schriftsteller Plutarch (um 50 bis 125 n. Chr.) hinterließ in seinen Lebensbeschreibungen von Griechen und Römern auch einen Bericht über ein Gelage am Hofe des Kaisers Augustus.
Der Spaßmacher des Kaisers, Gabba, stellte sich dabei schlafend, um nicht zu sehen, wie Mäzenas seine Frau liebkoste.
Als aber ein Sklave nach seinem Weinglas griff, um daraus zu trinken, rief Gabba empört: »Finger weg, ich schlafe nur für Mäzenas!«

Politikertrick

Daß manche Politiker nicht ihrem eigenen Gewissen folgen, sondern sehr wohl beeinflußbar sind, ist eine alte Geschichte. Einer, der sich das gern zunutze machte und auch offen darüber plauderte, war Sir Robert Walpole, von 1721 bis 1742 britischer Premierminister.
Der Weingenießer lud stets vor wichtigen Abstimmungen, bei denen seine Vorstellungen auf Gegnerschaft stießen, den betreffenden Kreis der Volksvertreter zu einem hervorragenden Mahl mit ausgesuchten Weinen ein. Das brachte bei den Abstimmungen den gewünschten Erfolg, kostete aber eine Menge Geld. Eines Tages wurde er auf Sinn und Zweck dieser Menüs angesprochen.
Die Antwort war denkbar freimütig: »Ich habe einiges von den Weingärtnern gelernt. Sie sagten mir, man müsse

die Bindeweiden für die Rebstöcke tüchtig einweichen, um sie für den Gebrauch geschmeidiger zu machen . . .«

Die Predigt zu Bingen

Johann Wolfgang von Goethe hat viel über Wein von sich gegeben und war – wie der emsige Leser weiß – auch im Interview mit dem Autor recht gesprächig. Die schönste Geschichte freilich dürfte nach dem subjektiven Urteil des Schreibers dieser Zeilen jene über die großartige Fastenpredigt des Weihbischofs sein, von der Goethe in einem Bericht über das Sankt-Rochus-Fest zu Bingen anno 1814 berichtete und die nicht vorenthalten werden soll.

Mit markigen Worten hatte der Weihbischof das schreckliche Laster der Trunkenheit in düstersten Farben dargestellt, um dann doch zu differenzieren:

»Ihr überzeugt euch also hieraus, andächtige, zu Reu' und Buße schon begnadigte Zuhörer, daß derjenige die größte Sünde begeht, welcher die herrlichen Gaben Gottes solcherweise mißbraucht. Der Mißbrauch aber schließt den Gebrauch nicht aus. Stehet doch geschrieben: Der Wein erfreuet des Menschen Herz! Daraus erhellet, daß wir, uns und andere zu erfreuen, des Weines gar wohl genießen können und sollen.

Nun ist aber unter meinen männlichen Zuhörern vielleicht keiner, der nicht zwei Maß Wein zu sich nähme, ohne deshalb gerade einige Verwirrung seiner Sinne zu spüren. Wer jedoch bei dem dritten oder vierten Maß schon so arg in Vergessenheit seiner selbst gerät, daß er Frau und Kinder verkennt, sie mit Schelten, Schlägen und Fußtritten verletzt, und seine Geliebtesten als die ärgsten Feinde behandelt, der gehe sogleich in sich und unterlasse ein solches Übermaß, welches ihn mißfällig macht Gott und Menschen, und seinesgleichen verächtlich.

Wer aber bei dem Genuß von vier Maß, ja, von fünfen und sechsen, noch dergestalt sich selbst gleichbleibt, daß

er seinen Nebenchristen liebevoll unter die Arme greifen mag, dem Hauswesen vorstehen kann, ja, die Befehle geistlicher und weltlicher Obern auszurichten sich imstande findet, auch der genieße sein bescheiden Teil und nehme es mit Dank hin. Er hüte sich aber, ohne besondere Prüfung weiterzugehen, weil hier gewöhnlich dem schwachen Menschen ein Ziel gesetzt ward. Denn der Fall ist äußerst selten, daß der grundgütige Gott jemandem die besondere Gnade verleiht, acht Maß trinken zu dürfen, wie er mich, seinen Knecht, gewürdigt hat.
Da mir aber nun nicht nachgesagt werden kann, daß ich in ungerechtem Zorn auf irgend jemand losgefahren sei, daß ich Hausgenossen und Anverwandte mißkannt oder wohl gar die mir obliegenden geistlichen Pflichten und Geschäfte verabsäumt hätte, vielmehr ihr alle mir das Zeugnis geben werdet, wie ich immer bereit bin, zu Lob und Ehre Gottes, auch zu Nutz und Vorteil meines Nächsten mich tätig finden zu lassen, so darf ich wohl mit gutem Gewissen und mit Dank dieser anvertrauten Gabe mich auch fernerhin erfreuen.
Und ihr, meine andächtigen Zuhörer, nehme ein jeder, damit er nach dem Willen des Gebers am Leibe erquickt, am Geiste erfreut werde, sein bescheiden Teil dahin. Und auf daß ein solches geschehe, alles Übermaß dagegen verbannt sei, handelt sämtlich nach der Vorschrift des heiligen Apostels, welcher spricht:
»Prüfet alles und das Beste behaltet!«

Die List

Der Dichter, Komponist und Zeichner E. T. A. Hoffmann (1776 bis 1822) war eines Abends, wie gewohnt aus einer Weinstube kommend, in eine Droschke eingestiegen, die ihn nach Hause bringen sollte. Da fiel ihm plötzlich ein, daß sich in seiner Börse und auch in seiner Wohnung kein roter Heller mehr befand.
Er fuhr aber ruhig weiter. Vor seiner Haustür angekom-

men, erzählte er dem Kutscher in ängstlichem Ton, daß er seine ganze Barschaft offenbar soeben in der Kutsche verloren habe. Er wolle eben in die Wohnung gehen und ein Licht holen, damit er die Börse schneller wiederfinden könne.
Hoffmann ging ins Haus – und konnte vom Fenster noch beobachten, wie die Droschke in schnellem Tempo davonfuhr.

Der Goetheverein

Drei Deutsche – ein Verein. Und wenn sich's um drei weinbeseligte Deutsche handelt, wird es ein besonderer Verein. Von einem solchen darf der Autor, mit profunden Kenntnissen behaftet, berichten – schließlich gehört er jener Institution seit der Gründung an und dient ihr als einer der beiden Vorstandsbrüder.
Begonnen hat alles auf einem Weinberg im Rheinhessischen. Journalisten und Offizielle des deutschen Weinbaus befanden sich auf einer Exkursion durch flurbereinigte Rebzeilen. Das war nicht eben anregend für Diskussionen. Und wer nicht gerade Däumchen drehte, suchte Erquickung im lustigen Geplauder.
So etwa der damalige Leiter der Deutschen Weininformation, Jochen G. Bielefeld, und die seinerzeitige Weinkönigin, Gisela Faber. Man unterhielt sich über ein Bild von Geheimrat Goethe, das ihn während einer Ruhepause bei einem Besuch in der Campagna/Italien zeigt (es hängt im Städelschen Museum zu Frankfurt). Goethes Gesichtsausdruck auf diesem Bild ist sehr nachdenklich. Alsbald erhob sich also im Gespräch die Frage: »Was wird Goethe wohl gedacht haben?«
Man fand schnell einen Nenner. »Es ist eh alles egal«, war Bielefelds Version von des Geheimrats Gedanken, während Gisela I. mehr zu »Es ist alles eh egal« tendierte. Eine Einigung gab es nicht, und so kam man mit diesem förmlich existentiellen Problem zum Schreiber dieser Zei-

len, der den Versionen eine neue Wendung gab. Eingedenk dessen, daß ein Bayer überall die Sprache und besondere Ausdrucksweise seines Volkes vertreten müsse, kam er zur schließlich von allen Seiten anerkannten Formulierung »Es ist eh alles wurscht«.
Nur eine kleine Änderung in die mittelhochbayerische Version »Es ist eh alles wurschet« gab es noch. Aber mit diesen Worten war der Goetheverein gegründet.
Seitdem versucht unser kleiner, exklusiver Verein zu ergründen, ob Goethe nicht eventuell doch etwas anderes gedacht haben könnte. Wir haben auch Gesinnungsgenossen gefunden, die mit uns gemeinsam überlegen, getreu der Satzung, in der es heißt, daß die Verbreitung dieses schwergewichtigen Themas sichergestellt werden müsse. Ebenfalls in der Satzung verankert ist die Verpflichtung der Mitglieder, dem »hochlöblichen Wirken des Geheimrates Goethe beim Weinkonsume nachzueifern« (§ 6) und sich gegenseitig »mit Ehrerbietung und Hochachtung zu behandeln« (§ 7). Dies indes schließt nicht aus, daß ein Mitglied, das seinen Ausweis nicht mit sich führt, Buße in Form edlen Rebensaftes zu leisten hat. Dieser Wein wiederum muß – entsprechend den Mitgliedern – »von lauterer Art und unverfälscht sowie hochedel« sein (§ 10). Für den Berichterstatter selbst hat sich die Bußregelung schon bezahlt gemacht. Weinkönigin Heike Schmitt aus Nierstein führte bei einigen Kontrollen ihren Ausweis nicht mit sich, worauf ihr der Einfachheit halber nahegelegt wurde, das Weingut ihrer Eltern an den Kontrolleur überschreiben zu lassen.
Mittlerweile ist der Goetheverein international (Mitglieder in der Schweiz und in Österreich), aber in der Mitgliederentwicklung hat man sich Stagnation auferlegt. Denn es wären einfach zuviele, die sich mit dem Vereinsmotto und allfälligen Trinkspruch (von Goethe) anfreunden können: »Ohne Wein und ohne Weiber hol der Teufel unsre Leiber!«

Musikalischer Wein

Der »Wahlwiener« Johannes Brahms war einst bei einem wohlhabenden Weinhändler in dessen Sommervilla in Baden bei Wien zu Gast. Zum üppigen Souper bot der Hausherr natürlich allerlei Kostbarkeiten aus seiner Schatzkammer. Bei einem dieser besonderen Tropfen verbeugte sich der Gastgeber vor Meister Johannes und meinte höflich: »Dieses, mein Herr, ist der Brahms unter den Weinen!«

Der Schöpfer der ungarischen Tänze und vieler gefühlvoller Melodien kostete genießerisch. Dann meinte er mit einer überraschenden Bescheidenheit (oder war's bewußtes Understatement?): »Vortrefflich, verehrter Herr. Aber jetzt würde ich gerne noch ihren Beethoven kennenlernen.«

Ansichtssache

Der Wiener Komiker Maxi Böhm weiß immer einen guten Tropfen zu schätzen – weniger seine Gattin. Mißbilligend bemerkte sie eines Tages auf der Jacke des Herrn Gemahls – auf der neuen, hellen, eleganten, teuren Jacke – zwei kleine Rotweinflecken.

»Max, du hast schon wieder getrunken!« klang es vorwurfsvoll. Aber der Humorist lächelte verbindlich: »Nicht ganz richtig. Ich hab nur ein bisserl verschüttet!«

Die Hose der Wahrheit

Hans Moser, der weltberühmte Nuschler aus Wien, der mit seinem Lied von der Reblaus das Falschwissen in die Welt setzte, daß sich die Reblaus von den Trauben ernährt (in Wirklichkeit knabbert das Tierchen die Wurzeln an), war gern Gast in fröhlichen Heurigenrunden.

Aber eines Tages war er dabei ungewohnt zurückhaltend, worauf ihn einer seiner Schauspielerkollegen fragte: »Was

ist denn, Hans? Schmeckt Dir der herrliche Veltliner heute nicht?«
Moser lächelte wehmütig: »Schmeck'n tuat er mir schon – aber ich werd vom Trinken hungrig. Dann eß ich mehr – und werd zu dick.«
Die Freunde versicherten Hans Moser, er sei doch ohnehin mager »wie ein Gelsenspeck«. Aber der steckte nur die Daumen unter seine Weste und nuschelte: »Hosen lügen nicht!«

Durstlöscher

Der französische Philosoph und Schriftsteller Voltaire (1694 bis 1788) traf an einem heißen Sommertage bei einem guten Freund, dem Abt eines Klosters in einem Weinbaugebiet, ein. Er begrüßte den Geistlichen mit Herzlichkeit und stöhnte dabei: »Mein Gott, bin ich heute durstig!«
Der schalkhafte Abt wußte zwar, was Voltaire gern gehabt hätte, drohte jedoch mit dem Zeigefinger und meinte: »Man soll den Namen Gottes nicht vergeblich führen.« Gleich darauf kehrte er mit einem großen Glas Wasser zurück.
Voltaire verzog das Gesicht: »Verehrter Freund. Sie müssen mich mißverstanden haben. Ich sagte nicht, daß ich schmutzig bin. Ich bin durstig!«

Schwächste Stelle

Der Schweizer Dichter und Zürcher Staatsschreiber Gottfried Keller (1819 bis 1890) steuerte einst von einem feuchten Abend mehr oder weniger zielsicher nach Hause. Unterwegs begegnete ihm ein Student, der ebenfalls nicht mehr ganz fest auf den Beinen stand, den Dichter erkannte und sich erbot, ihn zu begleiten. Keller war's egal.
Der Student, eine rechte Plaudertasche, quatschte ihm

indes die Ohren voll und wurde lästig, sogar übermütig. »Wie komisch, Herr Staatsschreiber«, so spielte er auf die von Keller gepflegte wacklige Gangart an, »Sie merken den Wein in den Beinen, ich merk ihn im Kopf.«
Jetzt wurde Keller ganz kurz boshaft: »Sie haben recht, junger Mann. Jeder merkt eben den Wein an seiner schwächsten Stelle!«

Heimweh

Gottfried Keller traf nach einem ausgedehnten Zechabend in einer dunklen Gasse einen anderen Nachtwandler und tastete sich diesem mit einem Seufzer der Erleichterung entgegen: »Könnt Ihr mir nicht sagen, Herr, wo der Dichter Gottfried Keller wohnt?«
Der Angesprochene verdutzt: »Aber ... Herr?! Der Gottfried Keller seid Ihr doch selbst.«
»Mensch, ich habe nicht gefragt, wer ich bin. Ich will ja wissen, wo der Gottfried Keller wohnt!«

Einschränkung

Gottfried Keller war auch im hohen Alter noch ein eifriger Zecher. In seinem Freundeskreis befanden sich einige Ärzte, die deshalb um seine Gesundheit besorgt waren. Also machten sie sich gemeinsam auf den Weg, um Keller zu warnen. Man wollte es vorsichtig anstellen, denn der Dichter und Staatsschreiber hatte bislang bei solchen Anregungen kein offenes Ohr gehabt.
So meinte der Mutigste der Freunde ganz dezent: »Sie sollten vielleicht Ihrer Gesundheit zuliebe das Genießen von Flüssigkeiten etwas einschränken.«
»Einverstanden«, meinte Keller. »Ab sofort wird auf die Suppe verzichtet.«

Schlauheit im Rausch

Der Dichter Johann Peter Hebel (1760 bis 1826) machte einst mit nachstehender Geschichte deutlich, daß Betrunkene noch recht überraschende Gedanken fassen können.
Und zwar spazierte da einer auf dem Heimweg vom Weinlokal im Bach, der direkt neben dem Weg vorbeilief.
Ein menschenfreundlicher Herr begegnete ihm und wollte ihm die Hand reichen: »Guter Freund, merkt Ihr denn nicht, daß Ihr im Wasser geht? Hier ist der Fußpfad.«
Der Betrunkene erwiderte, daß er es sonst auch bequemer fände, auf dem trockenen Pfad zu gehen, aber diesmal habe er ein wenig auf die Seite geladen.
»Eben deswegen«, sagte der Herr, »will ich Euch aus dem Bache heraushelfen!«
»Eben deswegen«, sagte der Betrunkene, »bleib ich drin. Denn wenn ich im Bach gehe und falle, so falle ich auf den Weg. Wenn ich aber auf dem Weg gehe und falle, so falle ich in den Bach.«

Schlaumeier Schopenhauer

Der Philosoph Arthur Schopenhauer (1788 bis 1860) war eines Tages beim Frankfurter Bankier Rothschild zu Gast. Es gab ein festliches Menü, und vor dem erwartungsvollen Weinfreund Schopenhauer stand bereits eine Reihe von Gläsern für die verschiedenen Weine zu den jeweiligen Gängen.
Als der Diener nach der Suppe mit der Weinflasche kam, um einzugießen, schob ihm Schopenhauer das kleine Dessertglas zu. »Bitte nehmen Sie das große Glas«, flüsterte der Diener. »Das hier ist für die feinen Dessertweine.«
»Ich weiß«, meinte Schopenhauer. »Aber gießen Sie ruhig ein. Das große Glas nehme ich, wenn die feinen Dessertweine kommen.«

Das wichtige Geld

Der Komponist Christoph Willibald Gluck (1714 bis 1787) war einst bei einem festlichen Diner in Wien als Ehrengast anwesend. Man kümmerte sich natürlich um den berühmten Mann und suchte das geistreiche Gespräch. So wandte sich der Gastgeber an den Musiker, um zu erkunden, was ihm denn im Leben am wertvollsten sei.

Ohne zu zögern, zählte der Künstler auf: »Geld, Wein und der Ruhm – in genau dieser Reihenfolge!«

Der Frager wunderte sich etwas über diese Wertung, worauf ihm Gluck erläuterte: »Das Geld brauche ich, um mir guten Wein zu kaufen. Durch diesen Wein wird mein Genius erweckt. Und dem Genius wiederum verdanke ich meinen Ruhm.«

Guter Rat?

Der geistreiche englische Schriftsteller Oscar Wilde (1854 bis 1900) war durch eine hartnäckige Erkältung ans Bett gefesselt. Einziger Trost während der Krankheit war der Weinvorrat, den er mit viel Freude minderte.

Als ihn sein Arzt aufsuchte und eine beträchtliche Zahl von leeren Flaschen im Zimmer entdeckte, warnte er: »Bei Ihrem Husten sollten Sie keinen Wein mehr trinken!«

Der Dichter überlegte und meinte dann: »Sie meinen also, ich soll nur noch husten?«

Leihgabe

Der Dichter Otto Julius Bierbaum (1865 bis 1910) konnte mit Geld selten richtig umgehen, es ging unter anderem für den Wein drauf. Aber er hatte einen kostbaren Spazierstock aus Ebenholz, ein Erbstück vom Großvater. Dieses wertvolle Stück wanderte von Zeit zu Zeit in ein

Münchner Leihhaus, wo es dann aber stets rechtzeitig eingelöst wurde.
Eines Tages, der Dichter kam gerade vom Stammtisch, nahm er den Stock mit ins Theater und gab ihn der Garderobenfrau.
»Zwanzig Pfennig«, sagte sie.
»Zwanzig Pfennig?« stutzte Bierbaum, der schon leicht Berauschte. »Ich habe doch sonst immer zehn Mark dafür bekommen.«

Valentin und der Wein

Daß sich der berühmte Münchner Komiker Karl Valentin in einem seiner Stücke sehr intensiv mit dem Wein auseinandersetzte, ist bislang kaum bemerkt worden. Aber in seinem »Firmling« steht's geschrieben, beziehungsweise ist auf Volksbühnen manchmal noch zu hören.
Vater und Sohn marschieren nach der Firmung in ein feines Lokal. Der Vater bestellt: »Zwoa Halbe Bier!«
Der Kellner bedauert: »Wir führen kein Bier, hier gibt's nur Wein – wir haben Weinzwang.«
Der Vater: »Na bringst halt zwoa Halbe Weinzwang.«
Der Kellner indigniert: »Ich bring Ihnen die Weinkarte.«
Nun wird der Firmling gefragt: »Was magst'n, Pepperl? Weilst Dich heut so schön firmen hast lassen, darfst Du Dir was Feines raussuchen. Was magst denn? Red oder red – was magst denn?
Pepperl: »An Emmentaler.«
»An Emmentaler wern's da herin net ham. Ja, ham's scho oan, aber da hoaßt er anders, da hoaßt er Affenthaler.«
Nun kommt der Kellner: »Bitte, haben die Herrschaften schon gewählt?«
Der Vater: »Bringst am Pepperl a Stück Affenthaler und Pfeffer und Salz.«
»Sie meinen eine Flasche Affenthaler?«
»Naa, a Trumm Affenthaler!«
»Es gibt doch nur eine Flasche Affenthaler.«

»Wiaso a Flasch'n? Habt's Ihr denn an Kas in de Flasch'n drin?«
»Affenthaler ist immer in der Flasche.«
»Seit wann denn?«
»Seit es Affenthaler gibt.«
»Ja, wia bringa mir den dann raus?« fragt sich lachend der Vater. »Mir kenna doch an Kas net mit'm Stopselzieher rausziehen.«
Jetzt wird der Kellner ungeduldig: »Also wollen Sie dann einen Affenthaler trinken?«
»Wiaso trinken?«
»Affenthaler ist nur zu trinken!«
»So weich ist der?«
Soweit Karl Valentin. Schade, daß er sich nicht auch noch mit anderen Weinnamen befaßt hat.

Heuss'sche Ausrede

Theodor Heuss, der beliebte Staatsmann, war auch ein großer Weinfreund. Eines Tages, bei einem großen Empfang, erschien der Bundespräsident hinkend. Besorgt wurde er von einem guten Bekannten gefragt, was denn geschehen sei.
»Offiziell heißt's, es isch a Infektion. In Wirklichkeit bin ich g'stürzt, weil's einige Viertele zuviel waren.«

Fürstliche Häupter und der Wein

Beim Wein erkennt man die Leute.
Deutsche Weisheit

Berufung

König Philipp von Mazedonien, der dem Wein manchmal mehr zusprach, als ihm guttat, saß einst betrunken zu Gericht und verurteilte eine Frau zu einer, wie er meinte, gerechten Strafe.
»Ich werde Berufung einlegen«, protestierte sie entrüstet, als sie das Gericht verließ.
»Bei wem denn?« rief ihr der Allgewaltige spöttisch nach.
»Bei Dir, wenn Du wieder nüchtern bist!«

Gerettet

Der Sonnenkönig Ludwig XIV. ließ bei seinen großen Festen nur das Allerbeste auffahren, auch was den Wein betraf. So nahm es nicht wunder, daß Herzog Claude de Villars als alter Genießer dem Rebensaft etwas mehr zusprach, als ihm guttat. Plötzlich taumelte der Herzog, auch Marschall von Frankreich, vor dem König zu Boden und hätte beinahe den Herrscher mitgerissen. Peinlich, peinlich.
Aber der Geist des Weines schenkte dem Betrunkenen die Erleuchtung und die rettenden Worte. Und er rief dem König vom Boden aus zu: »So werfe ich mich denn auf die allernatürlichste Weise Eurer Majestät zu Füßen!«
Dem König war's genehm.

Die Rasur

Bayernkönig Ludwig I. weilte gern und oft auf seiner Pfälzer Residenz, dem Schloß Ludwigshöhe. Eines Tages

wurde ein Barbier aufs Schloß gerufen, der gerade von einem ausgiebigen Frühschoppen kam. Und jetzt sollte er ausgerechnet den König rasieren!
Es kam, wie es kommen mußte. Der Pfälzer, nicht gerade mit ruhiger Hand gesegnet, hatte das Messer nicht im Griff, und plötzlich floß Blut von den königlichen Wangen.
Der König, ein überaus leutseliger Mann, ignorierte die Blutspuren und meinte mit erhobenem Zeigefinger: »Das rührt wohl vom vielen Weingenusse her?!«
»Ei ja«, konterte der Pfälzer, »der Wein macht eine rauhe Haut . . .«

Der Säufer

Der Kommandant eines Reiterregiments in der Armee Friedrichs des Großen konnte einen seiner Rittmeister nicht ausstehen. Als der König eines Tages zu einer Truppenbesichtigung kam, legte ihm der Kommandant nahe, den Rittmeister zu entlassen.
»Was hat Er für Gründe?« fragte der König.
»Majestät, der Kerl säuft!«
Der König prüfte nun die einzelnen Schwadronen gründlich und stellte fest, daß jene des beschuldigten Rittmeisters untadelig war. Andere dagegen gaben durchaus zur Kritik Anlaß.
Daraufhin nahm der König den Kommandanten zur Seite und flüsterte ihm zu: »Weiß Er was? Sauf Er auch!«

Das Gutachten

Friedrich Wilhelm I. machte sich ein Vergnügen daraus, die Wissenschaft und die Gelehrten zu verspotten. Eines Tages aber kam er an die Unrechten.
Er ließ der Akademie der Wissenschaft in Berlin die Frage vorlegen: »Warum braust der Champagner?« Nun war die Akademie damals ein recht bescheidenes Gebäude mit

geringen Möglichkeiten und Mitteln – was der König sehr wohl wußte. Aber die Gelehrten ließen sich von ihm nicht auf den Arm nehmen oder gar der Unfähigkeit bezichtigen.
Sie baten ihn nur, zwecks Anstellung ausgiebiger Versuche 50 Flaschen Champagner zu übersenden.
Der sparsame König ließ in dieser Angelegenheit nie mehr von sich hören.

Majestätsbesuch

Am Anfang dieses Jahrhunderts, also in der guten alten Zeit, da besuchte Kaiser Wilhelm II. einige Orte an der Mosel. In einem kleinen Dorf präsentierte ihm der Bürgermeister einen Senioren: »Das ist der Hannes. Er ist 97 Jahre alt.«
»So, so«, sagte Wilhelm interessiert. »Wie hat er denn das gemacht, daß er so lang lebt?«
Darauf der Hannes: »Eich han immer nur Wasser getrunk, un vaheirat wor eich ach nit.«
Kaiser Wilhelm, der mit einer Antialkoholbewegung sympathisierte, verspürte Wasser auf seine Mühlen und hob mahnend den Zeigefinger: »Sehen Sie, meine Herren. Ich habe immer vor dem Alkoholgenuß gewarnt. Hier ist der Beweis, wie alt man ohne Alkohol werden kann!«
Dem Bürgermeister der Weinbaugemeinde war diese Thematik natürlich nicht sonderlich angenehm. So erlaubte er sich, darauf hinzuweisen, daß der Hannes noch einen älteren Bruder habe.
»Warum zeigt man mir den Mann nicht? Wo ist er?« meinte Seine Hoheit.
Darauf der Hannes: »Ach, mein Bruder, der Tünnes, dieser alte Buck mit seine 103 Jahr' ist dauernd besuff. Er wird wohl wieder im Wirtshaus sein!«
Worauf nunmehr Majestät das Thema unangenehm war.

Originelles von Originalen

Beim Weißwein denkt man an Dummheiten,
beim Rotwein spricht man Dummheiten,
beim Sekt macht man Dummheiten.
Henri Vidal

Trierer Schlitzohr

Der Schalk lacht ihm auch heute noch aus dem steinernen Antlitz auf einem Gedenkstein in dem prächtigen Park in Trier nahe den Kaiserthermen. Die Rede ist von dem Trierer Schlitzohr Franz Weissebach, der anno 1927 das Zeitliche segnete, vor seinem Ableben aber noch den Trierer Stadtherren, mit denen er aus irgendeinem Grund in Fehde lag, einen gehörigen, nachhaltigen Streich spielte.
Weissebach, ein großer Weinfreund und Besitzer von zahlreichen Rebstöcken in Kanzem, stiftete sein Vermögen per Testament der Stadt – mit einer Festlegung der Verwendung. Von seinem Erbe sollte die Stadt ein Krematorium bauen, was, wie der schlaue Weissebach wußte, aus irgendwelchen Gründen nie in Frage kommen würde. Aber er hatte dafür schon einen Plan erstellt und festgelegt, daß dieser Plan, wenn er in der ersten Stadtratssitzung nicht durchgehen sollte, unter notarieller Aufsicht bei jeder weiteren Stadtratssitzung in voller Länge – das waren exakte 21 Leseminuten – noch einmal präsentiert werden mußte.
Erst wenn die Trierer nach drei Jahren immer noch nicht zur »Einsicht« gekommen seien, daß sie ein Krematorium brauchten, dann könne mit dem Erbe auch ein Stadtpark finanziert werden.
Was sich hier so einfach liest, wurde zur Qual für den Trierer Stadtrat, der ja relativ häufig zusammenkam. Denn drei Jahre lang wurde in jeder Sitzung Weissebachs Plan vorgelesen, abschlägig beschieden und kam automa-

tisch zur Wiedervorlage. Ein Notar wachte darüber, daß das Testament des Verblichenen ja beachtet wurde. Bürgermeister und Stadträte kannten nach einiger Zeit den Plan auswendig – aber sie mußten durchhalten (vielleicht wegen der Aussicht, an den Kanzemer Wein zu kommen). Schließlich wurde der Stadtpark errichtet und unter dem Motto »Humor ist, wenn man trotzdem lacht« der eingangs erwähnte Gedenkstein aufgestellt, mit der Inschrift »Dem schalkhaften Stifter«.

»Habicht«

Beim Winzerverein in Senheim an der Mosel gab es einst ein Mitglied, das allgemein als »Habicht« bekannt war. Den Spitznamen hatte der Winzer deshalb, weil er sich wie besagter Vogel stets als erster bei diversen Festivitäten auf alles stürzte, was zum einen umsonst war und außerdem am größten sein mußte, bzw. am besten gefüllt. Dieses gierige Verhalten wurde von den Vereinskameraden allmählich mißbilligt. Und so beschloß man, dem »Habicht« eine Lehre zu erteilen.

Bei einer der nächsten Zusammenkünfte, einem kleinen Fest nach Abschluß der Lese, füllte man ein Glas mit frischem Federweißen, in dem noch besonders viel Hefe (die mit der treibenden Kraft) enthalten war. Und bei den auf einem Büffet dargebotenen Fleischbällchen wurde das größte mit etwas Rizinus »gewürzt«. Zugleich sperrte einer der scheinheiligen Kameraden die Toilettentür der Gaststätte fest zu.

Es kam, wie es kommen mußte. Das Büffet wurde eröffnet. Der »Habicht«, der vorher schon das große Federweißenglas bis zur Neige geleert hatte, griff sofort nach dem größten Fleischbällchen. Und weg war's!

Etwas Zeit verging. Plötzlich rutschte er unruhig auf seinem Stuhl hin und her, hielt sich den Bauch und stand dann auf. Kaum war er aus dem Zimmer, schlichen die »Freunde« nach.

Sie entdeckten ihn vor der verschlossenen Toilettentür, wo er zunächst geduldig, doch dann immer ungeduldiger wartete. Schließlich klopfte er an die Tür. »Mensch, laß mich rein!«
Keine Antwort.
Wieder die dringende Bitte, schon in größerer Not. »Beeil Dich, ich muß dringend!«
Natürlich blieb die Antwort aus. Da pochte er mit beiden Händen an die Tür, wehklagte, hielt sich zwischendurch die Kehrseite, krümmte sich und fluchte, was das Zeug hielt.
Schließlich hielt er sein Leid nicht mehr länger aus, verschwand mit einem Satz aus der Gaststätte und eilte – Spuren hinterlassend – heimwärts.
Am anderen Tag hatte der Senheimer Winzerverein ein – mittlerweile schlau gewordenes – Mitglied weniger.

Höflichkeit

Die Rheingauer Winzer sind allesamt ziemliche Schlitzohren. Da gibt's beispielsweise in Johannisberg einen, von dem folgende Geschichte überliefert ist:
Unser Winzer, nennen wir ihn Karl, steht mit einem Freund auf der Straße im angeregten Gespräch. Plötzlich bittet er den Kameraden: »Leih mir Deinen Hut.«
Der weiß zwar nicht, warum, tut's aber trotzdem. Gleich darauf kommt der Pfarrer vorbei. Der Karl zieht formvollendet höflich den geliehenen Hut und verbeugt sich tief vor Hochwürden, was ihm einen wohlwollenden Blick einbringt, während sein hutloser Freund ob der Unhöflichkeit strafend gemustert wird.

Der böse Herrgott

Es trug sich zu im Jahr 1945, als das Völkerringen zu Ende ging und es im Herbst einen großen Weinjahrgang gab. Aber nur dort, wo auch wirklich Trauben am Stock

waren. Denn die Frühjahrsfröste hatten einiges kaputtgemacht, vor allem im Rheingau.
Besonders schlimm hatte es den Wingert des Winzers Fridolin Bader erwischt, der bei einer Prozession durch die Weinberge die Ehre hatte, ein Kreuz mit Christus tragen zu dürfen (es war nicht so schwer wie jenes knapp 2000 Jahre vorher).
Man wandelte durch die Flure von Winkel und kam zuletzt auch am Weinberg von Fridolin Bader vorbei, der sich nach einem Blick auf seine praktisch ertraglosen Rebstöcke nicht mehr halten konnte. Er wich vom Prozessionsweg ab, stürmte mit seinem Christus in den Weinberg, schüttelte ihn und schimpfte: »Da Herrgottle, guck, das warst Du!«

Fum Allerhinnerschde

Es war anno 1903. In der Gutsschenke des Rüdesheimer Weinhauses Fendel saßen wieder mal einige Stammgäste und der Winzer beisammen. Weil's so schön gemütlich war, beschloß der Hausherr, eine Flasche vom Besten zu spendieren, und gab der Bedienung den Auftrag: »Bring einen Wein fum Allerhinnerschde!«
Einer der Gäste war kein Rheingauer. Und er war sehr gespannt, was denn das für ein Wein sein würde. Es war ein köstlicher Tropfen. Jetzt wollte der Gast von auswärts natürlich wissen, was es mit dem »Allerhinnerschde« auf sich hatte. Der Winzer klärte ihn auf, daß im Keller eben die gängigen Weine vorne, griffbereit, lägen. Und die guten Weine, die selten verlangt werden, die habe man ganz hinten in der Ecke, eben im »Allerhinnerschde«, gelagert.
Nun war der Gast ein scharfsinniger, weitdenkender Mann und machte den Vorschlag, aus dieser Gewohnheit ein Geschäft zu machen. Die Idee einer neuen Hausmarke mit der Bezeichnung »Fum Allerhinnerschde« war geboren. Und sie fand auch schnell Verbreitung, so sehr, daß Winzer Fendel sich bald den Begriff gesetzlich schüt-

zen ließ. Unter der Nummer 697939 ist der »Allerhinnerschde« beim Deutschen Patentamt als eingetragenes Warenzeichen registriert!
Der Winzer hat gut daran getan. Denn in den sechziger Jahren war ein großes Rheingauer Weingut drauf und dran, den Begriff zu klauen ...

Der rauchende Kellermeister

Zigaretten und Wein passen nach landläufiger Meinung nicht zusammen. Wer raucht, ist nicht in der Lage, die Feinheiten des Weines zu schmecken. Deshalb auch werden bei Weinproben Qualmer sofort des Raumes verwiesen.
Aber es gibt Ausnahmen, etwa den Kellermeister eines großen Betriebes an der Nahe, den der Autor eines Tages bei einer Betriebsbesichtigung mit der Zigarette in der Hand antraf. Auf die verwunderte Frage, ob denn das mit seiner Arbeit vereinbar sei, meinte der Kellermeister nur: »Ei ja doch. Ich bin sogar Kettenraucher! Aber mir machen die Zigaretten nichts aus.«
Dies wurde von einem seiner Kollegen bestätigt, der dem Kellermeister untadeliges Geschmacksempfinden bescheinigte und sogar auf einen Vorteil verwies. »Wir wissen immer, wo er im Betrieb zu finden ist. Dazu müssen wir nur den Aschespuren nachgehen ...«

Die »Stachelbeeren«

Es ist schon einige Jahrzehnte her, als in Alzey ein Weinhändler vor Gericht stand (böse Buben gab es also damals schon). Er war des Betrugs angeklagt. Weil ein Prozeß gegen einen Weinhändler natürlich immer für die Allgemeinheit interessant ist, war die Presse zugegen.
Aber Gerichtsreporter sind zeitgeplagte Mitmenschen. Jedenfalls, der von einer Agentur beauftragte Zeilenschinder konnte den Termin nicht einhalten und erschien

erst nach Abschluß des Prozesses. In seiner Not ließ er sich von einem noch Anwesenden Verhandlungsverlauf und Ausgang schildern.
Er kam aber an einen Witzbold, der ihm Außergewöhnliches erzählte: Man habe den Weinhändler verurteilt, weil er rasierte Stachelbeeren als Weintrauben verkauft habe! Der Gerichtsreporter verbreitete diese Nachricht. Es hagelte Nachfragen – und viel Spott und Gelächter.

Etiketten-Poesie

Einen »Poesie-Wein« gibt es in der Pfalz. Der Steiner'sche Keller aus Landau hat die Bezeichnung »trocken« für seine Weinsorte »Raddegaggl« in humorvoller Versform auf dem Etikett erläutert:

»En Wei, en durchgegor'ner Schlackl,
den nennt der Pfälzer Raddegaggl.
Forzdrogge is er, doch nit sauer.
Wer dumm is, werd beim Trinke schlauer.
En Griesgram macht er zum Poet,
und helft de Leit, wenn's nimmi geht!
Kurzum, er macht des Lebe heiter!
(Läs' ach die Rückseit, do geht's weiter):
Wer also was versteht vom Wei,
dem sagt die Steiner'sch Kellerei,
allen Freunden, Wahlverwandten,
hier und in den Nachbarlanden,
die gerne wie die Pfälzer Staufen,
zechen und forzdrogge saufen,
die Deklarierung ignorieren,
lieber selber noch probieren.
Auch nach Sanitätsrat Reebiss,
achten auf die Diabetis,
also allen – jung und alt:
stellt Euch zwei, drei Flaschen kalt,
von dem Wein für echte Kenner.
Auf geht's – hopp, mer drinken enner!

Geburtsanzeigen

Den gestrengen, paragraphenreitenden Weingesetzgebern dürften sich wahrscheinlich sämtliche möglichen Haare sträuben, wenn sie von speziellen Etiketten Kenntnis erlangen, die Winzer Dieter Schlagkamp aus Senheim an der Mosel anläßlich der Geburten seiner beiden Söhne kreierte.

Als anno 1973 Andreas das Licht von Rheinland-Pfalz erblickte, formulierte Schlagkamp: »1973er Senheimer Andreas-Berg Auslese, Neuzüchtung, Original Eigenbau, sortenrein.« Unter dem Stichwort Amtliche Prüfnummer entdeckte man: 8,5 Pfund, 55 cm; An Zusatzangaben waren zu lesen: kernig, rassig, voller Leben, zarter Schmelz. Und selbstverständlich entstammte dieses »Produkt« einer Kreuzung »Müller + Schlagkamp«, beziehungsweise »aus dem Lesegut von Inge und Dieter Schlagkamp«.

Etwas knapper wurde Kunde von der Geburt Nummer zwei zuteil. »Erntemeldung Nr. 2: Nachdem die Neuzüchtung vom Jahr 1973 voll im Ertrag steht, ist uns auch die Veredelung Nr. 2 gelungen«, war einige Jährchen später zu vernehmen. »Thomas heißt die neue Familienrebe aus sortenreiner Züchtung, mit lebendiger Rasse und gesundem Kern. Die stolzen Züchter: Inge und Dieter Schlagkamp!«

Der Autor meint: Solche Erntemeldungen machen Spaß. Also Schlagkamp, halte Dich ran . . .

Lustige Weinkarte

»Weinkarte mit Phantasie gelesen, ist fast so schön als wirklich voll gewesen!« formulierte es Carl Zuckmayer einmal sehr treffend. Das mag in besonderem Maße für eine Weinkarte zutreffen, die aus dem Weingut Graf von Neipperg aus dem württembergischen Schwaigern stammt und mit vielversprechenden Formulierungen aufwartet.

So bezeichnet man eine 76er Riesling Spätlese als »Infusionswein: Flasche aufhängen, Füße hochlegen, tropfen lassen, wach genießen«.
Bei einem 77er Muskateller heißt es: »Rülps weitmaulig! Laß die Hand weg: Laß andere mitschmecken.«
Eine 79er Traminer Spätlese ist als »Krisenwein« betitelt: »Betört die Sinne, entbindet von Sorgen, belügt die Vernunft!«
Und schließlich wird bei einer 76er Lemberger Auslese versprochen: »Kein Blasebalg birgt gewaltigeren Sturm, keine Lederhose umschließt Edleres, keine Flasche machtvollere Größe!«

Feiner Kellermeister

»100 Mark kostet die Trockenbeerenauslese! Wer trinkt denn eigentlich sowas Teures?« fragt der Weinkäufer den Kellermeister.
»Ei, nur die ganz feine Leut' – und wir Kellermeister!«

Die Geschichte von der Kelterhobel

Als der Autor noch in Diensten einer Zeitungsredaktion war, gab es einen netten Brauch, mit dem man Neulinge auf den Arm nahm. Sie wurden ausgeschickt, »die kleine Rotation« zu holen, oder – alternativ – »eine Schachtel mit Rasterpunkten«. Beide Wünsche waren natürlich blanker Unsinn. Aber das wußten die Neulinge halt nicht. Und so mußten sie nach ergebnisloser Fahndung Spott über sich ergehen lassen – bis sie es selbst dem nächsten Neuling heimzahlten.
Was Journalisten können, beherrschen freilich Winzer schon lange. So gibt es an der Mosel die schöne Sitte, Unkundige (z. B. Lesehelfer, die erstmals im Weinbaubetrieb arbeiten) zu bitten, »mal eben eine Kelterhobel zu besorgen«.
Der Graacher Jungwinzer Josef Kees war so ein Schlitz-

ohr, dem zwei Studentinnen auf den Leim gingen. Scheinheilig bat Kees an einem schönen, warmen Herbsttag um eine Kelterhobel. Die jungen Damen willigten ein, ließen sich zwei Schubkarren aushändigen und machten sich dann auf den Weg zum anderen Ende des Dorfes, wo die Kelterhobel auf sie warten sollte.

Unterwegs wurden die hübschen Mädchen öfters gefragt, was sie denn so machen würden. »Wir holen die Kelterhobel«, lautete stets die Antwort, voll Stolz zudem. Schließlich waren sie mit einer ehrenvollen Aufgabe voll Verantwortung betraut worden.

An der genannten Adresse wurden sie schon erwartet. Der (vorinformierte) Winzer lud ihnen etliche große Holzstücke auf die beiden Schubkarren und bedauerte dann: »Alles geht nicht drauf. Da müßt Ihr wohl nochmal kommen.« Es war ein schöner Tag, etwas heiß zwar. Aber die Mädchen hatten Freude an der Bewegung und versprachen, gleich wiederzukommen. Die ersten Fuhren wurden abgeladen, nicht ohne daß die Mädchen vorher auf dem Weg durch die Hauptstraße mehrmals gefragt worden waren, was sie da transportieren würden. »Das sind Teile einer Kelterhobel«, erläuterten sie fachkundig.

Beim zweiten Mal brachten sie schließlich die restliche »Kelterhobel« unter. Es waren schöne, schwere Holzstücke darunter, so daß sie arg schwitzten und in der Ortsmittel schnell auf ein Gläschen Moselwein einkehrten, argwöhnisch dabei durchs Fenster die »kostbare« Kelterhobel im Auge behaltend.

»Was macht Ihr denn gerade?« fragte auch der Wirt. »Ei, wir holen die Kelterhobel«, meinten die Mädchen und wunderten sich über die neugierigen Graacher, die bei einer solchen Sache ins Schmunzeln kamen oder sich plötzlich den Bauch halten mußten.

Nun, die Reste kamen gut im Weinbaubetrieb an, wo sie unter Anleitung von Josef Kees zunächst einmal die Kelterhobel kunstvoll aufbauen durften – ehe sie aufgeklärt wurden.

Am liebsten wären die beiden jungen Damen sofort danach abgereist. Aber mit einem edlen »Graacher Himmelreich« brachte der feixende Winzer Josef die Sache wieder ins rechte Lot.

Klassisches Kontra

Wenn ein Politiker ein Weinfest zur Wahlkampfveranstaltung umfunktionieren möchte, dann gehört das bestraft! Der Ertl Sepp jedenfalls, seines Zeichens Bundesminister für Landwirtschaft, beging eines Tages diesen Fehler, als er bei einer fröhlichen Veranstaltung in bayerischen Landen ans Rednerpult trat, sein Glas mit Frankenwein hochhob und sprach: »Dieser Wein hat eine wunderschöne goldgelbe Farbe, genauso wie meine F.D.P.«

Nun meinte Ertl, auf die politische Konkurrenz eingehen zu müssen. »Es freut mich, daß es in Bayern nur ganz, ganz wenig roten Wein gibt« – gemeint war damit die SPD.

»Und es freut mich noch mehr, daß es überhaupt keinen schwarzen Wein gibt« – gemeint war die CSU.

Ertls Ausführungen freilich wurmten Werner A. Widmann, Buch- und Fernsehautor und Original-Bayer, der auf diesem Fest vorab zu Ertls Weinbruder avanciert war. Jetzt las er seinem »Bruder« die Leviten.

»Es stimmt zwar, mein lieber Bruder Ertl, daß Dein Wein so goldgelb wie die Farbe der F.D.P. ist«, führte Widmann aus. »Und es ist richtig, daß es hier nur wenig roten Wein gibt. Aber es ist nicht ganz zutreffend, daß es kein schwarzes Getränk in Bayern gibt. Manche Leute brennen nämlich aus Kartoffeln ihr Schnapserl schwarz. Und dieser Schnaps, mein Bruder Ertl« – jetzt wurde Widmann boshaft – »dieser Schnaps hat alleweil wesentlich mehr Prozente als Deine F.D.P. . . .«

Was bei Festivitäten passieren kann

Wer niemals einen Rausch gehabt,
der ist kein braver Mann.
Joachim Perinet

Der schönste Augenblick

Im Offizierskasino war wieder einmal Herrenabend. Der Herr Oberst war in Gönnerlaune und hatte eine Kiste guten Weines mitgebracht, die er demjenigen als Präsent offerierte, der ihm eine besonders originelle Antwort auf die Frage »Was ist der schönste Augenblick in Ihrem Leben?« geben würde.
Der Chef des 1. Bataillons meinte, wenn er zusammen mit dem Herrn Oberst die Front seiner Einheit abschritte und dann sein Vorgesetzter sage, daß dieses Bataillon das beste des ganzen Regiments sei, dann sei dies der schönste Augenblick seines Lebens.
Die anderen befragten Offiziere meinten, dem Herrn Oberst mit ähnlichen Ausführungen »Honig um den Mund schmieren« zu müssen.
Damit konnte indes der jüngste Leutnant nicht mithalten: »Sehr geehrter Herr Oberst, ich habe kein Bataillon zu befehligen, nicht mal eine Kompanie oder einen Zug. Ich sitze statt dessen im Vorzimmer von Herrn Oberst und muß mir von Ihren Besuchern viele Sorgen und Wünsche anhören. Wenn ich ehrlich bin, so finde ich, daß das Militär nicht sehr schöne Augenblicke für mich beinhaltet. Aber vor vier Wochen habe ich geheiratet. Und sobald mein Dienst zu Ende ist, eile ich nach Hause zu meiner Frau und drängle sie ins Bett, wo wir der Göttin Venus unser Opfer bringen. Das ist für mich der schönste Augenblick in meinem Leben!«
Diese Antwort gefiel dem Oberst, und er überreichte dem Leutnant die Kiste Wein. Der nahm sie fröhlichen

Herzens mit nach Hause, um seine Frau zu überraschen.
»Sieh mal, was ich Dir mitgebracht habe!«
»Liebster, das ist wundervoll, eine ganze Kiste guten Weines. Aber woher hast Du das Geld dafür genommen, bei Deinem geringen Sold?«
»Ich habe sie für die beste Antwort auf eine Frage unseres Obersten bekommen.«
»Das mußt Du mir genauer erzählen.«
Jetzt war der Leutnant doch etwas verlegen. Schließlich konnte er seiner Frau nicht erzählen, daß er etwas aus der Intimsphäre preisgegeben hatte. Also antwortete er: »Der Oberst wollte wissen, was der schönste Augenblick in meinem Leben sei. Und so habe ich ihm erzählt, daß ich gern sonntags mit Dir in die Kirche gehe. Wenn dann die Glocken läuten, die Orgel spielt, der Pfarrer predigt und wir andächtig nebeneinander auf der Kirchenbank sitzen, dann ist dies der schönste Augenblick in meinem Leben.«
»Ach Liebster, Du bist wirklich der Allerbeste. Ich hatte nicht gewußt, daß Dir diese Sonntagsstunde soviel bedeutet.«
Zwei Wochen später war Gesellschaftsabend mit Damen im Offizierskasino. Der Oberst stand an der Tür und begrüßte die Damen. Als die junge Leutnantsfrau an der Reihe war, sagte sie: »Ich möchte mich noch für den Wein bedanken. Er hat wunderbar geschmeckt.«
»Keine Ursache, gnädige Frau. Ihr Gatte hatte ihn wahrlich für seine ehrliche und originelle Antwort verdient.«
»Ach, Herr Oberst, was mein Mann damals gesagt hat, dürfen Sie nicht so ernst nehmen. Zunächst habe ich immer meine liebe Mühe, daß ich ihn hineinbringe. Und wenn er endlich drin ist, schläft er gleich ein!«

Orientierungshilfe

Ein Fremder fährt nach dem Besuch des Wiesbadener Weinfestes mit dem Bus. Plötzlich fragt er den Fahrer: »Können Sie mir, hupp, sagen, hupp, wo wir hier sind?«

»Natürlich«, meinte der Fahrer, »am Platz der Deutschen Einheit.«
»Keine Details, hupp«, rügt der Fremde. »In welcher Stadt?«

Unterschiede

In Wiesbaden wird alle Jahre im August ein großes Weinfest veranstaltet, wobei einige hunderttausend Liter Wein verkonsumiert werden. Einer, der einen nicht unbeträchtlichen Anteil am Konsum hat, fährt abends mit dem Bus nach Hause. Er stützt sich in der Busmitte ab und ruft: »Alle, die links sitzen, sind Ehebrecher. Alle, die rechts sitzen, sind Idioten!«
Ein Herr von der linken Seite springt empört auf. »Also erlauben Sie mal, ich bin kein Ehebrecher!«
Der Betrunkene beruhigt ihn: »Dann setz Dich rüber zu den Idioten.«

Keine Alternative

Nach dem Weinfest. Zwei torkeln im Zickzack nach Hause. Einer kramt in seiner Tasche, wobei ihm ein Zweimark-Stück auf die Straße fällt. Er läßt es liegen, was den Freund verwundert.
»Warum hebst Du das Geld nicht auf?«
»Wenn ich mich nach unten bück wegen der zwei Mark, dann läuft mir oben für 10 Mark Wein raus.«

Wer fährt?

Es war ein fröhliches Weinfest gewesen. Der Fritz und der Egon fahren zu später Stunde mit dem Auto nach Hause. Es ist eine kurvenreiche Strecke. Als der Wagen in einer Kurve wieder einmal sehr weit nach links gelangt, ruft der Fritz: »Mensch, paß doch auf, wo Du hinfährst!«
Egon: »Wieso ich? Ich denk, Du fährst!«

Doppelt

Beim Dürkheimer Wurstmarkt sitzen Vater und Sohn schon ein Weilchen.
Da meint der Sprößling: »Du Papa, jetzt müssen wir allmählich gehen.«
»Nein«, sagt der Vater starrköpfig. »Gegangen wird erst, wenn ich besoffen bin!«
Drauf der Junge: »Wann ist man denn überhaupt besoffen. Wie merkst Du das?«
»Das ist ganz einfach«, erklärt der Papa. »Siehst Du da am Nachbartisch die zwei Männer? Klar. Wenn ich nun plötzlich dort vier Männer sitzen sehen würde, dann wär ich besoffen.«
»Ich glaub, Vater, wir können gehen. Da drüben sitzt nur einer ...«

Nicht im Hotel

Ein ganz schön Angesäuselter fährt vom Weinfest mit dem Taxi heim. Plötzlich sieht der Taxifahrer, wie sich sein Fahrgast auf dem Rücksitz allmählich zu entkleiden versucht.
»Sie sind wohl verrückt geworden«, ruft er nach hinten. »Sie sind in einem Taxi und nicht im Hotel!«
»Das hätten Sie mir auch früher sagen können«, kommt es bestürzt von hinten. »Grad hab ich die Schuhe vor die Tür gestellt.«

Nicht funktionsfähig

In Neustadt an der Weinstraße. Aus dem Weindorf, das dort alljährlich im Herbst aufgebaut wird, wankt zu später Stunde ein übervoller Weingenießer in Richtung Telefonzelle.
Er öffnet die Tür, verharrt ein Weilchen in der Zelle und kommt dann schimpfend wieder heraus:
»Verdammt, daß dieser Aufzug nicht funktioniert ...«

Feuer bitte

»Also, das mit dem Dieter und seiner Sauferei wird immer schlimmer!«
»Wieso?«
»Nun, gestern, beim Weinfest rannte er den Glühwürmchen nach und bat um Feuer.«

Umdisponiert

»Weib, bring mir schnell einen Eimer, mir ist so übel«, ruft verzweifelt ein Zechbruder, der von einem fränkischen Weinfest nach Hause kommt.
Es dauert einige Minuten, bis die Gattin den gewünschten Eimer bringt.
»Den brauch ich jetzt nimmer. Bring mir lieber eine frische Unterhos'. Ich hab umdischponiert!«

Die Rosine

Ein berühmter Professor hatte als Tischdame bei einer Abendgesellschaft eine schon »mittelalterliche« (oder noch etwas ältere) Dame. Der Wein löste ihre Zunge, und sie plauderte und wurde trotz ihrer Senioren-Tage nochmals kokett. Zu vorgerückter Stunde meinte sie zu ihrem Tischherrn: »Möchten Sie mich nicht beim Vornamen nennen, Herr Professor? Ich heiße Rosine.«
»Gern, Verehrte«, meinte der Professor. »Aber ich hätte mir gewünscht, Sie als Traube kennengelernt zu haben.«

Schlagkräftig – schlagfertig

Der Betriebsausflug war nicht ganz so harmonisch verlaufen, wie man es sich vorgestellt hatte. Zwei Kontrahenten sahen sich vor dem Amtsgericht wieder. Dem Angeklagten stellt der Richter die Frage: »Wie konnten Sie nur

Ihrem Kollegen eine volle Weinflasche auf den Kopf hauen?«
Der schlagfertige Sünder: »Aber Herr Richter, das war doch nur ein ganz leichter Mosel.«

Passend

Für den Karneval hatte sich die Winzerstochter ein besonders originelles Kostüm ausgedacht. Sie gab sich sehr freizügig und bedeckte die Blößen mit (künstlichen) Trauben. Natürlich wurde sie auf dem Ball sofort umschwärmt. Ein junger Mann war besonders hartnäckig: »Ei, was bist Du denn, mein schönes Kind?« fragte er.
»Ich bin die Traube«, antwortete huldvoll das Winzerstöchterlein.
»Wie praktisch, ich bin von der Presse!«

Von den Gefahren des Alkohols

»Es ist besser, voll guten Weines zu sterben,
als voll Durst.«

Französische Erkenntnis

Trunksucht

Die allgemeine Trunksucht wurde vor rund 1000 Jahren von Geschichtsschreibern als ein Hauptzug deutscher Art und Sitte angegeben. Diese Sucht machte auch vor den hohen Herrschaften nicht halt, so daß im 10. Jahrhundert selbst der Kaiser (Otto I. hieß jener Herrscher) bei seiner Krönung einen Eid auf eine Frage ablegen mußte, die da lautete: »Willst du mit Gottes Hilfe dich nüchtern halten?«

Trunksucht-Kontra

Vereinigungen wider die Trunksucht gab es in früheren Jahrhunderten jede Menge. Wie »streng« die Statuten solcher Vereine manchmal waren, kann ein Auszug aus den Vorschriften des »Hessischen Ordens der Mäßigkeit«, anno 1600 ins Leben gerufen, verdeutlichen.

1. Es bestand die Verpflichtung, sich allen Vollsaufens zu enthalten, nur für zwei Jahre. (Ein zeitgenössischer Kritiker merkte an, daß die zeitliche Begrenzung deshalb mit aufgenommen wurde, weil man unmöglich länger ein solch schweres Gelübde erfüllen könne.)
2. Täglich sollte keiner mehr als 14 Ordensbecher voll Wein austrinken (das Volumen dieser Becher ist nicht überliefert. Sicher ist nur, daß unsere Vorväter nichts von den fragwürdigen Schoppen-Winzlingen der heutigen Gastronomie mit 0,2 l Inhalt gehalten hätten).
3. Zur Löschung des weiteren Durstes war Bier erlaubt.

Der Orden ging, so vermerkte es die Chronik, sehr bald wieder ein.

Die beste Trink-Legitimation

Es gibt eigentlich keine bessere Trink-Legitimation als jene, die der Mainzer Adolf Gottorn vor etlichen Jahren reimte – in Mundart – und die hier ins Hochdeutsche übersetzt wurde, ohne daß sie deshalb an Substanz verlor:

Einen Weinberg zu pflegen ist schon schwer, einen Wein zu pflegen noch viel mehr. Und schließlich sagt man nicht umsonst, auch Wein zu trinken ist eine Kunst!
Der Wein macht alle Sinne selig; erst hört man ihn fließen klar und ölig, dann sieht man ihn golden stehn im Glase und riecht ihn blumig mit der Nase.
Zuerst fühlt man ihn kellerkühl im Traume, dann schmeckt man ihn mit Zung' und Gaume'. Erst wenn der ganze Mund dabei ist, dann weiß man, was das für ein Wein ist!
Das erste Gläschen schmeckt noch sauer, und erst nach ziemlich langer Dauer getraust Du Dich, die letzten Tropfen zu trinken von dem ersten Schoppen.
Dann bestellst Du Dir den zweiten, den kannst Du nun schon besser leiden. Tust Dich mit dem Geschmack versöhnen und tust Dich langsam dran gewöhnen.
Beim dritten wirst Du aber munter, Backe und Nase werden bunter. Bei jedem Schluck, das merkst Du ständig, allmählich wird der Geist lebendig!
Ein Wink voll Würde nach dem Wirte, und stillvergnügt bringt der den vierten. Bei dem – das hätt' ich fast vergessen – da mußt Du unbedingt was essen.
Dann tut der fünfte vor Dir stehen, Du kommst auf glänzende Ideen, hast Einfälle wie noch nie im Leben und kannst auch jedem Kontra geben.
Und gleich drauf sitzt Du vor dem sechsten, jetzt liebst Du rückhaltslos Dein' Nächsten. Deinen Todfeind in normalen Zeiten, den sprichst per »Du« an und kannst leiden.
Der siebte Schoppen, der ist kritisch, der macht die Men-

schen leicht politisch. Laß ihn aus, ganz still und sachte, überspring ihn, nimm gleich den achte'.
Ein jeder weiß, zum achten Glas, gehört dem Mensch ein Stückchen Kas'. Das reizt den Gaumen, stärkt den Magen, kurz – man kann wieder was vertragen.
Das wär jetzt also schon der neunte, um Dich herum gibt's nur noch Freunde. Die Gläser und das Hirn werden leerer, die Köpfe und die Zungen schwerer.
Und von dem zehnten und dem elfte', trinken zwei Schutzleute schon die Hälfte. Die wollen Feierabend gebieten und Dich vor einem Rausch behüten.
Wer Wein trinkt, muß sich selber lenken, an gewisse Grenzen gilt's zu denken. Man darf den Karren nicht überladen, ein Tröpfchen mehr, das kann schon schaden!

Fernvoll

Es ist ja im Rheingau kein seltener Zustand, daß Weinfreunde am Tag nach einer munteren Zecherei noch eine Menge Restalkohol im Blut haben. Das wird in diesem weingesegneten Landstrich mit der Bezeichnung »fernvoll« umschrieben, was nichts anderes heißt, als daß man nur noch »e Werfche« (einen Schluck aus dem Glas) braucht, um wieder »in den Besitz oder Zustand der seligmachenden Gnade zu kommen«.
Die Rheingauer horten wahre Reichtümer dieser Gnade!

Rückschritt

Biermann hatte wieder mal ausgiebig in seinem Stammlokal gezecht. Als er beim zehnten Schoppen angelangt war, fragte ihn der Ober, ob er denn nicht mal zwischendurch einen Kaffee trinken wolle.
»Um Gottes willen. Auf keinen Fall!« empörte sich Biermann. »Das wirft mich ja um Stunden zurück.«

Lösung

Bei einem wackeren Zechbruder geht gar nichts mehr, keinen Tropfen bringt er mehr über die Lippen.
Da ruft er erlöst seinem Freund zu: »Schütt ihn über mich!«

Angebot

Nach einer zünftigen Weinrunde fiel der wackere Zecher auf dem Heimweg zu Boden und kam nicht mehr in die Höhe. Flehentlich bat er einen seiner Zechgenossen, ihm zu helfen.
Der aber meinte nur: »Weißt Karl, aufheben kann ich Dich nicht. Ich kann mich höchstens zu Dir legen!«

Hilfe!

Ein Betrunkener wankt zu später Stunde nach Hause. An einer Litfaßsäule sucht er Halt und tastet sich weiter, einmal, zweimal, dreimal um die Säule herum.
Schließlich bricht er weinend in die Knie und stöhnt verzweifelt: »Eingemauert!«

Die Rache

Der Chef einer Winzergenossenschaft mußte für einige Wochen verreisen. Es handelte sich um einen überaus korrekten Menschen, der auch mutmaßte, daß einige seiner Mitarbeiter die Abwesenheit ausnützen würden. So ermächtigte er den Kellermeister, über alle Geschehnisse und Dienstverfehlungen exakt Buch zu führen, damit er nach Rückkunft den Sündern die Leviten würde lesen können.
Nun begab es sich gleich am ersten Tag nach dem Reiseantritt des Herrn Chef, daß einer der Winzergehilfen zulange im Keller probte und schließlich dort sinnlos betrunken lag.

Der Kellermeister schrieb, wie ihm aufgetragen, ins Sündenbuch: »Winzergehilfe Robert war sinnlos betrunken, 18. März.«
Als jener davon erfuhr, ergriff ihn die Angst. »Wenn das der Chef erfährt, feuert er mich«, jammerte er. »Kann man das nicht wieder streichen?«
»Auftrag ist Auftrag«, meinte der Kellermeister. »Und schließlich hat auch alles seine Richtigkeit.«
Wenige Tage später erkrankte er und mußte zwei Tage zur Beobachtung ins Krankenhaus, weshalb er den Winzergehilfen beauftragte, in den beiden Tagen das »Sündenbuch« zu führen.
Als der Kellermeister wieder zurückkam, fand er darin die Eintragung: »Der Kellermeister war zwei Tage lang nüchtern, 25. und 26. März.«

Verständnis

Ein eifriger Zecher steht vor Gericht. Als Angeklagter.
»Es ist der Alkohol allein, nur der Alkohol, der an Ihrer Situation schuld ist«, rügt der Richter.
»Ich danke Ihnen vielmals für Ihr Verständnis«, meint mit niedergeschlagenen Augen der Sünder. »Sie sind der erste, der nicht mir die Schuld in die Schuhe schiebt.«

Der Dussel

Vogel geht voll des Weines aus dem Wirtshaus, wankt und fällt in den Graben.
»Ich Idiot, ich Narr, ich armer Mensch!« lamentiert er lauthals.
»Was jammerst Du denn«, sagt einer seiner Zechbrüder, der ihn im Graben entdeckt. »Du hättest eben nicht so viel trinken sollen!«
»Nicht trinken? Du redest einen Blödsinn! Nicht heimgehen sollen hätt ich Dussel!«

Schön voll

Fritz und Heinz sitzen vor dem zehnten Schoppen. »Danach wollen wir aber nach Hause gehen«, meint Fritz. »Du bist nämlich ganz schön voll.«
»Denk doch mal ganz logisch«, lallt Heinz zurück. »Je voller wir sind, um so weniger Platz ist für die Grippe.«

Preissteigerung

Es beklagt sich ein Wermutbruder bei seinem Parkbank-Nachbarn: »Eine Sauerei ist das mit den Lebensmittelpreisen! Jetzt sind sie schon wieder um 30 Pfennig pro Liter gestiegen ...«

Der Grund

Emil und Franz treffen sich nach längerer Zeit wieder. Franz lädt Emil gleich zu einem Schoppen Wein ein, doch dieser winkt ab: »Ich trinke keinen Alkohol mehr.«
Franz lacht: »Du? Ausgerechnet Du alter Zechbruder willst keinen Wein mehr. Warum denn das?«
»Ach, wenn ich zuviel hatte, dann habe ich nicht mehr so richtig klar gesehen.«
»Doch nicht etwa Alkohol am Steuer?«
»Nein, nein. Die Geschichte ist viel schlimmer.«
»Das interessiert mich. Erzähl!«
»Es ist einige Monate her, da bin ich mitten in der Nacht aufgewacht. Ich hatte den Eindruck, als ob sich irgend etwas im Zimmer bewegt. Aber mein Kopf war noch schwer, so daß es einige Zeit dauerte, ehe ich eine unheimliche Hand am Fußende meines Bettes entdeckte. Die fünf kurzen Finger bewegten sich leicht, waren dann wieder ganz bewegungslos, kurz verschwunden und tauchten sofort wieder auf.«
»O mein Gott, furchtbar«, flüsterte Franz.
»Wer da?« rief ich nach einigen Minuten gnadenloser Stil-

le. Die Finger rührten sich nicht. Oder vielleicht doch ein wenig. Aber ich bekam es mit der Angst zu tun und erinnerte mich daran, daß aus dem nahen Gefängnis vor zwei Tagen ein Schwerverbrecher ausgebrochen war. Vielleicht hatte er in der anderen Hand schon das Messer. Ich glaubte ein Hüsteln zu hören, konnte mich aber auch täuschen. Dann, ich sah es ganz genau, bewegten sich die Finger wieder schnell. Mein Herz stand still. Aber dann tastete meine Hand ganz langsam an den Nachttisch, wo ich eine kleine Pistole aufbewahre. Ich fingerte das Ding heraus und rief nochmals: »Wer ist da? Ich kann Sie sehen. Kommen Sie sofort hoch!« Es gab keine Reaktion, nur die Finger wackelten leicht. Jetzt gab es keine andere Wahl für mich. Ich zielte genau und drückte ab . . .!«

»Puh«, stöhnt Franz. »Das war ja eine spannende Geschichte. Und was kam dann?«

»Seitdem hinke ich auf dem linken Fuß und trinke keinen Tropfen Alkohol mehr!«

Umwerfend

Der Federweiße wird gern als »Gaukler des Weines« bezeichnet. Und er ist nicht ungefährlich, weil die in ihm enthaltene Kohlensäure den Alkohol schneller in die Blutbahn führt. Das hatte ein durstiger Pfälzer nicht bedacht. Mit unsicheren Schritten kam er aus einer Gaststätte und wurde, da er weder nach links noch nach rechts sah, von einem eiligen jungen Mann umgerannt.

Dem war das furchtbar unangenehm. Er half dem Federweißen-Geschädigten wieder auf, klopfte ihm den Staub vom Anzug und entschuldigte sich vielmals.

»Das macht doch überhaupt nichts«, meinte der Gefallene. »Ich wär sowieso gleich von selbst umgefallen.«

Vergessen

»Trink doch nicht soviel«, mahnt der Schorsch den Erich, als der beim sechsten Schoppen angelangt ist.
»Ach laß mich, ich will vergessen!«
»Was willst Du denn vergessen?«
»Das hab ich vergessen.«

Ende ohne Schrecken

»Schlimm war das gestern«, erzählt ein Weinfreund. »Ich saß wieder mal gemütlich in unserem Stammlokal. Eine Flasche nach der anderen kam auf meinen Tisch. Dann sah ich um mich. Und plötzlich sah ich mich nicht mehr. Ich gucke hin, ich gucke her, aber ich war nicht mehr da, richtig gegraust hat mich. Dann dacht ich mir: Sieh doch mal unter dem Tisch nach.
Und siehe da, dort war ich dann auch!«

Philosoph

Wieder mal hat einer sehr häufig ins Glas geschaut. Auf dem Nachhauseweg fällt ihm der Hut vom Kopf, worauf sich folgendes Gespräch mit der Kopfbedeckung entspinnt.
»Hut«, so der Schwankende, »Du meinst wohl, ich heb Dich jetzt auf? Da denkst Du aber falsch. Ich heb Dich nicht auf. Denn wenn ich Dich aufheb, dann fall ich hin. Und Du hebst mich unter Garantie nicht auf!«

Rauschen

Nach einem feuchtfröhlichen Abend machte sich ein Zecher auf den Heimweg. Unterwegs überkam ihn ein dringendes Bedürfnis, so daß er an einem Springbrunnen stehen blieb und dem Wasser freien Lauf gab.
So stand er etwa eine Viertelstunde, bis sich schließlich

eine Hand auf seine Schulter legte und ein Mann meinte: »Sie können ruhig Ihre Hose wieder zuknöpfen. Was Sie da noch hören, ist das Rauschen des Springbrunnens.«

Gute Frage

»Ist dort die Alkoholiker-Beratungsstelle?« kommt die Frage aus dem Telefonhörer.
»Ja, bitte?«
»Können Sie mir sagen, ob man zum Gänsebraten Weißwein oder Rotwein trinkt?«

Kreuzigung

Auf einer Theaterveranstaltung irgendwo im weinseligen Rheingau soll es sich zugetragen haben. Eine Laienspielgruppe hatte lange geprobt, um das Leiden Christi darstellen zu können. Schließlich kam der große Tag – vor dem der Jesus-Darsteller großes Lampenfieber hatte. Das wiederum kurierte er mit Wein. Dies ging gut bis zu jener Stelle an der er zu rufen hatte: »Es ist vollbracht!«
Voll des Weines aber kam ihm über die Lippen: »Es ist prachtvoll!«

Auch im Gasthaus darf gelacht werden

Der Wein erfindet nichts,
er schwatzt nur aus.
Schiller

Die Wette

Die Stammtischbrüder sind wieder mal übermütig. Man spricht von den großartigen Saufleistungen der Vorväter, die oft zehn Liter und mehr am Tag konsumiert haben sollen. »Das kann ich auch heute noch«, sagt der Fritz im Brustton der Überzeugung. »Sogar auf einen Zug!«
»Daß ich nicht lache«, kontert einer der Freunde. »Das glaub ich nie und nimmer, da geh ich jede Wette ein.«
»Dann laß uns den Humpen aus dem Schrank holen.«
Der Wirt wird beauftragt, das Riesengefäß mit gutem Wein zu füllen, der Fritz und der Egon schlagen ein. Es geht um 100 Mark!
Fritz setzt den gewaltigen Humpen an, schluckt und schluckt – bis schließlich auch der letzte Tropfen in seinem Schlund verschwunden ist. Staunen bei der versammelten Runde. Egon zahlt kleinlaut die 100 Mark und meint dann: »Du bist ja ein Phänomen. Hattest Du denn überhaupt keine Angst, daß Du's nicht schaffst? Du hättest Dich doch schön blamieren können.«
»Warum hätte ich Angst haben sollen? Aber ich will ganz ehrlich sein: Heute nachmittag hatte ich schon trainiert. Da hatte es auch wunderbar geklappt . . .«

Wie du mir . . .

Der berühmte Filmregisseur kam ins Weinlokal und bestellte sich beim Wirt eine Flasche von der besten Sorte. Der Wirt kam nach wenigen Minuten mit einem edlen Tröpfchen aus dem Keller zurück. »Zu dem Wein muß ich ihnen aber noch etwas erzählen«, meinte er, rückte sich einen Stuhl zurecht und setzte sich zu seinem Gast. »Das war ein ganz ungewöhnlicher Jahrgang. Wir hatten schon im März sehr schönes Wetter, die Weinblüte setzte zeitig ein. Der Winzer Hans Lenz, ein guter Freund von mir, seine Frau Irmi und der Großvater Fritz freuten sich bereits. Aber dann gab es im Mai wieder starke Fröste, und der Vorsitzende des Winzervereines, der Emil Bauer, mußte sich viele Klagen von seinen Mitgliedsbetrieben anhören.«

»Schön und gut, das ist ja alles sehr interessant...«, versuchte der Regisseur einzuflechten.

»Bittschön nicht unterbrechen«, meinte der Wirt. »Es war nämlich alles gar nicht so schlimm. Als schließlich Ende September Hans Lenz mit seiner Lesemannschaft aufbrach, zu der neben Irmi und Großvater Fritz auch noch der Zimmer Hannes, der Geiger Max und die Ulrike Meyer gehörten, da erblickten sie wunderschöne Trauben mit einem Mostgewicht von durchschnittlich 105 Grad Öchsle.«

»Beachtlich«, meinte der große Mann vom Film, »aber...«

»Lassen Sie mich ausreden«, sprach der Wirt. »Die Trauben wurden gelesen, unter Aufsicht von Kellermeister Emil Huber gekeltert und dann ausgebaut zu einem herrlichen Weinchen, wobei dem Kellermeister sein Gehilfe Siegfried Susser sehr geholfen hat.«

»Das herrliche Weinchen...« Weiter kam der Regisseur nicht.

»Ja, und dann lagerte der Wein zwei Jahre im Eichenholzfaß, das der Küfermeister Ernst Unger geliefert hatte. Schließlich wurde er unter Regie von Hans Lenz in Flaschen abgefüllt, die die Firma Gruber & Sohn aus Weindorf geliefert hatte.«

Jetzt rückte der Filmmann schon unruhig auf seinem Stuhl hin und her. »Also...«

»Gleich haben wir es«, beruhigte der Wirt:

»Von der Spedition Kramer & Sohn aus Winzerhausen wurde der Wein dann an den Handel ausgeliefert. Und ich habe dieses schöne Fläschchen schließlich in der Weinhandlung Sixtus hier am Ort gekauft. Und jetzt steht er vor Ihnen!«

»Verdammt nochmal«, ereiferte sich der Regisseur. Warum erzählen Sie mir das alles. Ich will doch nur den Wein trinken. Das interessierte mich überhaupt nicht!«

»Aber was regen Sie sich denn auf«, lächelte der Wirt. »Jetzt wissen Sie wenigstens mal, wie es den Kinobesuchern geht, die sich in den langen Vorspännen zuerst auch sämtliche Namen der Hersteller vom Kameramann über den Regieassistenten, Autoren und Regisseur bis hin zur Verleihfirma ansehen müssen ...«

Kein Kredit

»Aus, vorbei. Bei Ihnen schreib ich nichts mehr an«, bescheidet der Wirt den Gast, nachdem dieser das fünfte Glas Wein bestellt und noch immer die Rechnung vom Vortag offen hat.

»Das ist Ihr Risiko«, meint der Gast. »Ich frag mich nur: Wie wollen Sie das alles im Kopf behalten?«

Die Prüfung

Ein Gast sitzt in der Weinstube und spricht mit viel Vergnügen dem ausgezeichneten Tropfen zu. Immer wenn sein Glas leer ist und der Kellner fragt, ob es denn noch ein Schoppen sein dürfe, meint der Gast zuerst: »Oberverwaltungsgerichtshofpräsidententochter.«

Dann nickt er mit dem Kopf und läßt das nächste Glas kommen.

Schließlich fragt ihn der Kellner, welche Bedeutung dieses merkwürdige Wort habe. »Ganz einfach«, meint der Weinfreund. »Solange ich diese Sprachübung noch bestehe, kann ich auch noch einen Wein trinken.«

»Kühlwasser«

Ein großer Freund des ungarischen Tokajer kehrte in einem Budapester Lokal ein, das nicht unbedingt berühmt für seine Weine war. Er fragte den Kellner, welche Sorten man bestellen könne, und dieser zählte etwa 15 auf.
»In Ordnung«, sagte der Gast. »Bringen Sie mir je eine Flasche.«
»Erwarten Sie Gäste?« wunderte sich der Kellner.
»Ich bleibe allein.«
Nun denn, dachte sich der Ober. Der Wunsch des Gastes muß Befehl sein. Er brachte den Wein. »Haben Sie einen Kübel?« war die nächste Frage des sonderbaren Gastes. »Falls ja, gießen Sie diesen Wein hinein. Dann bringen Sie mir zwei Flaschen Tokajer und stellen diese Flaschen in den Kübel – zum Abkühlen!«

Konsequent

Ein Mann kommt jeden Abend ins Weinlokal und bestellt zwei Achtel Wein. Mit tiefgefurchter Stirn trinkt er sie aus und geht, ohne ein Wörtchen zu sagen. Diese Regelmäßigkeit interessiert natürlich allmählich den Lokalbesitzer.
»Sagen Sie bitte, warum bestellen Sie immer zwei Achtel und nicht gleich einen Schoppen?«
»Das hat sentimentale Gründe«, meint der Gast. »Mein bester Freund ist vor einigen Wochen gestorben und hat mich vor seinem Tod gebeten, immer ein Gläschen für ihn mitzutrinken.«
Eines Tages kommt der Gast, setzt sich an seinen Stammplatz und bestellt nur ein Achtel Wein. Das irritiert den Wirt: »Einen nur? Und was ist mit Ihrem toten Freund?«
»Der ist ja für ihn«, meint der Gast. »Ich bin nämlich pleite.«

Abgezählt

Fritz geht ins Lokal und bestellt sich zwölf Schoppen Wein, die er auf dem Tisch nebeneinander aufreiht, bevor er sie – einen nach dem anderen – genüßlich austrinkt. Als das letzte Glas leer ist, fragt ihn der Kellner: »Darf's noch ein Schoppen sein?«
»Blödsinn! Dann hätt ich mir doch gleich dreizehn bestellt.«

Dumme Frage

Meyer erscheint zum Abendschoppen in seinem Stammlokal. Salopp fragt er den Wirt: »Na, keiner von den Knallköpfen da?«
»Nein«, bedauert der Wirt. »Sie sind der erste.«

Begehrte Fliege

Ein Gast fischt eine Fliege aus dem Weinglas und zeigt sie empört dem Ober. Dieser entschuldigt sich und bringt sofort ein anderes Glas. Die Fliege legt der Gast in den Aschenbecher.
Ein Herr am Nebentisch, der sein Glas fast ausgetrunken hat, beugt sich hinüber und flüstert: »Verzeihung, ist die Fliege jetzt frei?«

Sauber?

Mehrere Gäste sitzen in einer Weinstube und bestellen jeweils einen Schoppen Wein. Einer ruft dazu: »Bitte in einem sauberen Glas!«
Nach einer kurzen Zeit kommt die Bedienung mit den Schoppen und fragt: »Welcher der Herren wollte das saubere Glas?«

Die Fünfte

Der Hannes hat wieder mal ausgiebig dem Wein zugesprochen. Als ihm der Wirt die Rechnung präsentiert, stutzt er. »Fünf Flaschen soll ich bezahlen? Unmöglich. Mein Magen verträgt doch nur vier Flaschen!«
»Das mag schon richtig sein«, kontert der Wirt. »Die fünfte ist Dir halt zu Kopf gestiegen.«

Nur bei Durst

Ein Pfälzer und ein Hamburger sitzen in einem Weinlokal zufällig am gleichen Tisch. Der Pfälzer trinkt in gewaltigen Zügen aus seinem Schoppenglas, das in jenen Gauen bekanntlich einen halben Liter faßt, während der Hamburger nur gelegentlich an seinem kleinen Gläschen nippt und dabei immer wieder mißbilligend den durstigen Pfälzer beobachtet.
Nach einiger Zeit – der Pfälzer ist mittlerweile beim dritten Schoppen – rafft sich der Norddeutsche zur Kritik auf. »Also, ich versteh Sie nicht, wie Sie soviel trinken können. Ich trinke nur, wenn ich Durst habe!«
Drauf der Pfälzer: »Wie die Rindviecher.«

Nasse Wand

»Hier läuft ja das Wasser an der Wand runter«, beschwert sich ein Gast über das Fremdenzimmer.
»Soll ich vielleicht für 10 Mark pro Nacht Wein runterlaufen lassen?« erwidert der Gastwirt.

Wärmflasche

Die Winzerstochter Christl soll später mal im Hotelfach Karriere machen. Also geht sie in die Lehre in ein Hotel in der Großstadt.
An einem kalten Winterabend sagt die Chefin: »Der Herr

vom Zimmer 18 hätte gerne eine Wärmflasche mit ins Bett genommen. Bring ihm eine.«
»Gern«, sagt die Christl. »Rhein oder Mosel?«

Täuschung

So kann man sich täuschen. »Eine Flasche Ochsenschwanz!« bestellte eine Ausländerin in einem Würzburger Lokal.
Der verwunderte Ober kam schließlich dahinter, daß ein anderes Tierchen und ein anderer Körperteil gemeint waren – nämlich ein Bocksbeutel.

Probieren geht über Studieren

Die besten Vergrößerungsgläser für die Freuden dieser Welt sind die, aus denen man trinkt. *Joachim Ringelnatz*

Weinkenner

Ein alter Weinkenner von der Nahe behauptet im Freundeskreis immer, daß er bei jedem Wein, den man ihm vorsetzt, Anbaugebiet, Rebsorte und Jahrgang bestimmen könne. Die Freunde beschließen eines Tages, eine Probe aufs Exempel zu machen. Doch bei dieser Blindprobe ist der Experte bei keinem Fehler zu ertappen. Mit traumhafter Sicherheit ordnet er alle Weine richtig ein, nennt bei allen als Zugabe sogar noch die Lage.
Nun ist es ja unter Freunden so üblich, daß man sich gelegentlich gern aufs Glatteis führt. Also schenkt man unserem Kenner ein Glas Wasser ein.
Er schnuppert, kostet und ist überrascht: »Jetzt muß ich wirklich passen, so was habe ich noch nie im Mund gehabt.«
Nun sind seine Freunde erstaunt. »Womit putzt Du Dir denn die Zähne?« fragt einer.
»Wieso? Dafür nehme ich einen ganz leichten Mosel.«

Besserwisser

Es gibt ja große Weinkenner, die wissen nach einem Schluck, ob derjenige, der die Trauben abschnitt, ein Junge oder ein Mädchen war, ob der Kellermeister katholisch oder evangelisch war. Sie wissen mit absoluter Sicherheit, ob der Winzer schwarze oder blonde Haare hat, sie kennen die Blutgruppe des Weinverkäufers und wissen letztlich auch, aus welchem Wasserwerk das Wasser stammt, mit dem die Weinflasche gespült wurde.

Einem solchen Experten beschlossen einige Weinfreunde eines Tages ein Bein zu stellen. Man vereinbarte eine Blindprobe, zu der sich der Kenner selbstbewußt stellte. Ein Wein nach dem anderen wurde eingeschenkt. Der Besserwisser war tatsächlich in Bestform und nannte gekonnt Jahrgang, Rebsorte und Anbaugebiet.
»Hab ich's nicht gesagt«, triumphierte er. »Ich erkenne jede Flüssigkeit, die man mir einschenkt!«
Ein neues Glas folgte. Er probiert, spuckt sofort wieder aus und ruft empört: »Das ist doch Benzin!« »Sehr richtig«, meinte einer der Weinfreunde. »Aber welche Marke?«

Der große Kenner

Eine Runde gewichtiger, angesehener Leute im Weinlokal, mittendrin die große Prominenz, ein Mann von Rang, allseits bekannt. »Ich bin«, so erklärt er gerade, »ein Kenner aller Genüsse, insbesondere aber des Weines. Und dieser Wein hier im Glase enthält nicht alles, was den Wein zum edelsten Getränk macht. Herr Wirt, bitte schön!«
Untertänigst eilt der Wirt heran. »Ich möchte einen anderen Wein«, meint der große Mann. »Etwas milder vielleicht, aber doch herb. Ich hoffe, Sie verstehen mich.«
»Gewiß, gewiß«, meint der Wirt. »Ich komme sofort wieder.«
Der berühmte Mann nippt am neuen Wein. »Das ist nicht ganz das, was ich meine. Geben Sie mir eine Sorte, die etwas süßer ist, aber doch nicht zu süß. Vielleicht aus einer Gegend, die hundert Kilometer südlicher liegt.«
Gesagt, getan, der nächste Wein kommt. Der prominente Herr runzelt die Stirn. »Ich glaube, der Wein müßte etwas höher gewachsen sein. Das Etwas, das ich vermisse, gedeiht nur unter dem Mitwirken des leichten Bergwindes.«
Diesmal brachte der Wirt gleich drei Flaschen. Sie wurden nacheinander gekostet. Aber das gewisse Etwas fehlte

immer noch. Mal war es zu geringe Sonne, mal zuviel Feuchtigkeit, die den Rebstöcken nicht bekommen war. Oder es mangelte am Ausbau im Holzfaß.
Der Wirt verzagte nicht, machte sich erneut auf in den Weinkeller und erschien dann mit einer ganz verstaubten Flasche ohne Etikett. »Das ist der Wein, den Sie suchen«, versicherte er dem berühmten Mann. »Von diesem Wein habe ich nur noch drei Flaschen für ganz besondere Gelegenheiten.«
Mit kritischer Miene nahm der Kenner den ersten Schluck, dann breitete sich ein verklärtes Lächeln auf seinem Gesicht aus. »Jawohl, das ist er! Mein Freund, ich danke Ihnen. Genau diesen Wein habe ich gesucht. Nicht zu süß, nicht zu herb, ideal in der Nase, mit wunderschöner Farbe. Diesen Wein würde ich unter Hunderten, was sage ich, unter Tausenden erkennen!«
Der berühmte Mann genoß den Wein mit sichtlichem Vergnügen. Als er die Runde verlassen hatte, wollte doch jemand wissen, was denn das für ein besonderer Tropfen gewesen sei. Der Wirt zögerte zunächst, aber ein großes Trinkgeld lockerte doch seine Zunge: »Das war der gleiche Wein, den der Herr zuerst getrunken hatte, nur ohne Etikett und mit einigen Spinnweben . . .«

Weinsprache

Bei Weinproben werden die Weine gelegentlich in einer undeutbaren Sprache beschrieben. So hatte es sich ein moselanischer Probensprecher angewöhnt, bei bestimmten Weinen von »gestreift« zu sprechen. Wie's in solchen Fällen Usus ist, nickt dann alles andächtig mit dem Kopf und schlürft den »gestreiften Wein«.
Eines Tages aber erlaubte sich ein Weinfreund, nach einer genaueren Definition zu fragen. Da druckste unser Moselbruder herum und gestand dann schließlich: »Bei solchen Weinen muß ich immer an unseren Pfarrer denken.«
»Das versteh ich nicht.«

»Ganz einfach. Einen solch köstlichen Tropfen hab ich erstmals im Haus unseres Pfarrers getrunken. Und der hatte damals einen gestreiften Anzug an!«

Lagerung

Eine ausgiebige, fachliche Weinprobe ist einem der Teilnehmer nicht sehr gut bekommen. Plötzlich verschwindet er auf den Gang und legt sich dort auf einer Bank nieder. Als man ihn entdeckt und besorgt fragt, ob er Hilfe benötige, antwortet er nur: »Vorher habe ich gehört, daß der Wein liegend aufbewahrt werden soll. Das praktiziere ich jetzt.«

Schwierige Probe

Neue Kundschaft in einem Moselweingut. Es wird probiert und probiert, dem Gast schmeckt nichts. Der Winzer geht vom Standardsortiment zu den älteren Jahrgängen über. Wieder kein Erfolg.
Also greift man zu den Auslandsweinen, die man für »Notfälle« im Programm hat. Wieder nur Kopfschütteln.
Jetzt geht der Winzer an die Schatzkammer. »Da ist aber ganz bestimmt was für Sie dabei«, versichert er. Der Gast schnuppert und schlürft, winkt aber erneut unzufrieden ab.
Jetzt ist der Winzer verzweifelt und unternimmt einen letzten Versuch, die Geschmacksrichtung des Kunden herauszufinden: »Was trinken Sie denn eigentlich zu Hause?«
»Nur Milch!«

Falsche Adresse

Bei einer Weinprobe in Würzburg erregte besonders ein 73er Rieslaner Kabinett Aufmerksamkeit. Unter den Gästen befand sich auch der Kellermeister vom Juliusspital, dem von allen Seiten Glückwünsche für diesen großarti-

gen Wein zuteil wurden. Er ließ die Lobeshymnen gelassen über sich ergehen.
Der Wein aber war vom benachbarten Bürgerspital ...
Nach der Probe wurde er von einem Insider angesprochen, warum er denn nicht darauf aufmerksam gemacht habe, daß er die falsche Adresse für das Lob sei.
»Ich hätt schon was gesagt – aber nur wenn Kritik gekommen wäre«, schmunzelte unser Kellermeister.

Vaters Beruf

Die Weinexperten, die bei der Qualitätsprüfung sitzen, leisten harte Arbeit. So siebzig bis achtzig Weine sind an manchen Tagen zu kosten – und wenn's schlimm kommt, das einige Male in der Woche.
Natürlich erzählt so ein Qualitätsweinprüfer zu Hause auch öfters, wie es ihm ergangen ist und daß es doch recht anstrengend sei, siebzig Weine zu probieren – was wiederum Folgen haben kann, wenn da auch der Familienzuwachs mitlauscht.
Ein solcher Sprößling wurde eines Tages in der Schule gefragt, was denn sein Vater von Beruf sei. Er hatte keine Ahnung, erinnerte sich dann aber an Papas Erzählungen und gab die Antwort: »Mein Vater ist ein Säufer!«

Geprüfte Prüfer

Die Frage, wie Prüfer bei den Qualitäts- oder sonstigen Weinprüfungen für diverse Prämierungen den Alkoholkonsum verkraften, wird häufig gestellt. Da die Weine meist sofort wieder ausgespuckt werden, bleiben kaum Promille hängen. An der Nahe machte man sich eines Tages sogar an einen Test. Einige Dutzend Prüfer unterzogen sich einer Blutprobe nach der 50. Weinsorte. Im Schnitt wurden 0,2 Promille registriert, ein einziger brachte es auf 0,8 Promille.
Er hatte sie schon mitgebracht!

Wein kann man immer trinken

Solang man trinken kann, läßt sich's noch glücklich sein. *Goethe*

Aufforderung

Es stand einst höchst werbewirksam in einer deutschen Zeitung:
»Aufforderung und Bitte: Mitbürger!
Die außerordentliche Weinernte dieses Jahres stellt leider einen Mangel an leeren Flaschen in Aussicht. Die Glashütten allein können es nicht schaffen. Es ist daher nicht nur das Recht, sondern auch die Pflicht jeden guten Bürgers, soviel als möglich leere Flaschen herzustellen.
Die vereinigten deutschen Weinhändler«

Na und

Bei einem Fest zu Ehren des schwedischen Asienforschers Sven Hedin hielt der trinkfeste Maler Carl Larsson die Festrede, in der er bemerkte: »Sieben Tage lang ist unser Freund ohne Wasser gewesen. Das ist nichts Besonderes! – Ich habe die letzten sieben Jahre kein Wasser getrunken.«

Nacktarsch

Im Offizierskasino war Herrenabend. Man trank die Hausmarke »Kröver Nacktarsch« in enormen Mengen. Zur gleichen Zeit sagte ein Schuhmachermeister zu seinem Lehrjungen: »Morgen früh, um 7 Uhr, bringst Du die Reitstiefel zu Major Franzen ins Kasino. Er braucht sie sehr früh!«
Als der Schusterjunge am nächsten Morgen ins Kasino kommt, sieht es nicht so aus, als ob der Herr Major sofort

die Reitstiefel benötigen würde. Alle Offiziere liegen schnarchend herum, und auf den Tischen stehen noch etliche nicht ganz geleerte Flaschen. Eine gute Gelegenheit, auch mal an guten Wein zu kommen, denkt sich der Lehrbub, stellt die Stiefel ab und trinkt alle Flaschen leer. Das ist etwas zuviel für ihn. Plötzlich liegt er zwischen den schnarchenden Offizieren.
Der Meister wundert sich, daß sein Lehrbub nicht in der Werkstatt erscheint. Er macht sich auf den Weg ins Kasino und findet dort zwischen den immer noch schlummernden Offizieren auch seinen Knaben, mit einer leeren Flasche Nacktarsch im Arm.
Der Schuhmachermeister nimmt die Flasche, betrachtet sich nachdenklich das Etikett, zieht dann dem Knaben die Hose herunter und schlägt ihm mit seinem Gürtel den Allerwertesten so voll, wie es auf dem Etikett dargestellt ist. Der alkoholisierte Junge merkt nichts und schläft weiter.
Erst gegen Abend kommt er heim zum Meister und stöhnt: »Ach, nie wieder trink ich Kröver Nacktarsch. Da tut einem der Hintern so weh, als hätte man tatsächlich eine Abreibung erhalten, wie sie auf dem Etikett dargestellt ist!«

Frühstückshilfe

»Hol mir mal eine Flasche Eselshaut aus dem Keller«, befahl der Pfälzer seiner Frau beim Frühstück. »Ich kann unmöglich meinen Morgenkaffee so trocken runterwürgen!«

Die schwere Wahl

Der junge Mann ist – sehr aufgeregt – zum ersten Mal zu Besuch bei den Eltern seiner Auserwählten. Freundlich wird er empfangen. »Na, was möchten Sie denn trinken?« fragt der Herr des Hauses. »Soll es ein Wein, ein Cognac, ein Punsch sein?«

»Zuerst ein Wein. Und bis der Punsch fertig ist, trinke ich den Cognac!«

Nachteil danach

Ein Weinfreund hatte die Gewohnheit, dem Rebensaft vor und nach dem Essen kräftig zuzusprechen. Ein Gastgeber fragte ihn eines Tages: »Ist es eigentlich gut, vor dem Essen zu trinken?«
»Ich kann es Ihnen nur empfehlen«, meinte der Weinfreund. »Wenn Sie nämlich satt sind, können Sie nicht mehr so viel trinken.«

Deshalb

In der Beamtenstube. Der Vorgesetzte schnauzt seinen Untergebenen an: »Sind Sie verrückt, Mann? Bei der Arbeit wird kein Wein getrunken!«
»Haben Sie mich vielleicht arbeiten gesehen?«

Der neue Jahrgang

Der neue Jahrgang ist im Glas. »Bei dem Wein«, so überrascht einer der Koster seine Freunde, »da geb ich's Trinken auf!«
»Das versteh ich nicht, der ist doch hervorragend.«
»Bei dem Wein fangt's Saufen an!«

Opfer

»Wasser ist das Beste!« philosophierte einst ein alter Zechbruder. »Aber man kann doch nicht immer vom Besten nehmen, sondern muß sich auch opfern können.« Sprach's, setzte das Weinglas an und genehmigte sich einen großen Schluck.

Wasser?

»Was ist mit Dir? Hast Du was Falsches gegessen?« fragt der Karl seinen Zechkumpanen, den Schorsch, als sich dieser krümmt und jammernd den Bauch hält. »Gegessen hab ich nichts«, stöhnt der Schorsch, »Nur Wasser hab ich getrunken, nur drei Gläser Wasser.«
»Wasser??« wiederholt der Karl verständnislos. »Wie kannst Du auch Wasser wie Wein trinken?!«

Glaserl Morgenwind

Beim Oberforstrat meldet sich ein neuer Gehilfe zum Dienstantritt.
Der Herr Oberforstrat mustert den jungen Mann kritisch und fragt dann: »Woher haben Sie denn eine so rote Nase?«
Stramm kommt die Antwort: »Das muß wohl vom scharfen Morgenwind bei der Pirsch herrühren.«
Der Oberforstrat schmunzelt: »Na, dann lad ich Sie zur Feier des Einstandes auf ein Glaserl Morgenwind ein ...«

Nicht naßverbessert

Im Weinlokal. »Sag, Emil, warum machst Du beim Trinken immer die Augen zu?«
»Weißt Du, beim Anblick eines wohlgefüllten Weinglases läuft mir immer das Wasser im Mund zusammen. Und ich mag nun mal kein Wasser im Wein.«

Instruktion

»Emma«, instruiert der Geheimrat seine neue Perle, »sagen Sie meiner Frau, ich geh jetzt zum Frühschoppen. Und wenn ich bis zum Mittagessen nicht zurück bin, dann soll sie mit dem Abendessen nicht auf mich warten!«

Keine Angst

Er saß beim Glas Wein im Wohnzimmer, bekam einen Tropfen in die falsche Kehle und mußte furchtbar husten. Daraufhin rief die Frau aus der Küche besorgt: »Was ist, Mann. Hast Du Dich verschluckt?«
»Keine Angst«, beruhigt er, »ich bin schon noch da!«

Trink, Kerlche!

Die Großmütter heutzutage wissen auch nicht mehr, was sie wollen. »Trink, Kerlche, trink«, sagte einst die Großmutter eines jungen Rheingauers, als dieser langsam zum Mann heranwuchs.
»Als ich dann zu trinken anfing«, so erzählt besagter Hesse dem Autor, »hat sie plötzlich gejammert: Der Kerl säuft!«

Armer Kerl

Der Karl klagt: »Seit acht Tagen kann ich keinen Wein mehr trinken.«
»Oha«, fragt ihn ein Kollege. »Hast Du's an der Leber?«
»Nein, ich hab die Schwindsucht im Geldbeutel.«

Das Vermächtnis

Bei einem alten Württemberger Weinfreund geht's dem Ende zu. Er bittet nochmal seinen besten Freund zu sich und klagt: »Ach, wenn ich nicht mehr bin, dann hab ich auch keinen Wein mehr. Du mußt mir helfen.«
»Was kann denn ich da noch tun?«
»Sei so nett, gieß mir jeden Tag ein Viertele Trollinger auf mein Grab, wenn ich nicht mehr bin!«
Der Freund sichert dem Sterbenden zu, daß er dieses Vermächtnis erfüllen werde. Bald darauf schließt der alte Weinfreund die Augen für immer.

Es gehen einige Wochen ins Land, als ein Verwandter des Verstorbenen, der von dem merkwürdigen Vermächtnis gehört hat, fragt: »Sagen Sie, halten Sie das wirklich ein? Gießen Sie jeden Tag ein Viertele Trollinger auf das Grab? Ist doch schade um den Wein.«
»Das macht gar nichts. Ich laß mir den Wein schließlich vorher durch die Niere laufen ...«

Der letzte Wunsch

»Bringt mir noch eine Flasche Wein«, bettelte der Winzer auf dem Sterbebett. Selbstverständlich erfüllte man ihm den Wunsch. Er setzte an und trank die Flasche in einem Zug aus. Dann legte er sich seufzend ins Kissen zurück, meinte noch kurz: »Durstig wäre ich nicht verreckt« und schloß die Augen für immer.

Hilfreiches »RÜD«

Auch ein Kfz-Kennzeichen kann zur Verbrüderung der Menschen beitragen. So verschlug es einen Winzer aus dem Rheingauer Weinort Kiedrich eines Tages nach München. In der Stadtmitte suchte er einen Parkplatz – was dort annähernd so schwierig ist wie die Suche nach dem Stein der Weisen.
Schließlich fand er doch einen Parkplatz, aber der Wächter bedeutete ihm, daß alles belegt sei. Dann sah er das Kennzeichen. »Kommen Sie etwa aus Rüdesheim oder aus dem Rheingau?«
»Ei freilich«, sagte unser Winzer und zückte bauernschlau ein Fläschchen Wein aus einem Karton vom Rücksitz. »Wolle' Sie mal unseren Wein probieren?« Der Parkwächter wollte. Und der Kiedricher Winzer hatte nicht nur wenige Sekunden später einen Parkplatz – er konnte dort sein Auto auch drei Tage lang ohne Parkgebühr stehenlassen!

Blauer Vogel

Zwei Männer lesen einen Zettel am Baum. »Blauer Wellensittich entflogen«, liest der eine vor.
»Versteh ich nicht«, sagt der andere. »Wie kann man einem Vogel nur Alkohol geben.«

Übertroffen

»Es gibt nichts Besseres als eine gute Flasche Wein«, behauptet der Fritz.
Egon schüttelt den Kopf: »Doch: Zwei Flaschen Wein!«

Babywein

»Also die Franzosen«, erregt sich eine badische Mutter, »die erziehen aber ihre Kinder früh zum Trinken. Hab ich doch kürzlich gelesen, daß es in der Champagne Stillwein gibt!«
(Zur Erläuterung für weniger Weinkundige: Stillwein ist in der Champagne die Bezeichnung für den Sekt-Grundwein, der noch nicht sprudelt und deshalb »still« ist.)

Gelübde

In Spanien lebte einst ein Ehepaar, das dem Wein besonders eifrig zusprach. Eines Tages schämten sie sich ihres Durstes und beschlossen, fortan Wein nur noch an hohen Feiertagen oder nach Abschluß eines guten Geschäftes zu trinken.
Nach etlichen Tagen Enthaltsamkeit meinte schließlich der Mann: »Mich dürstet nach Wein, laß uns deshalb einen Kauf abschließen.«
Und er verkaufte seiner Frau einen Esel.
Tags drauf meinte die Frau: »Mann, ich biete Dir ein gutes Geschäft an. Ich habe einen Esel zu verkaufen.«
Und so weiter, und so weiter. Fortan wurde der Esel hin- und herverkauft – und das Gelübde somit eingehalten.

Die Gendarmerie und der Wein

»Es ist besser e Schoppe zvil zahlt, als eine zvil trunke« *Schweizer Weisheit*

Toleranter Polizist

Solche Geschichten wie die nachstehende können tatsächlich passieren – aber nur bei toleranten Polizeibeamten. Diese Geschichte ist authentisch. Und sie ereignete sich an der Mosel.

Der Bürgermeister eines Weinortes hatte mit dem örtlichen Polizeichef wacker bis zuletzt gezecht. Beide hatten schon gewisse Schlagseite. Der Ordnungshüter konnte indes zu Fuß nach Hause marschieren, während der Bürgermeister noch einige Kilometer zu fahren hatte. Weinbeseligt und selbstsicher stieg er in seinen fahrbaren Untersatz. Kaum war er zwei Kilometer gefahren, entdeckte er im Rückspiegel ein Polizeifahrzeug, das ihm langsam folgte.

Jetzt schwitzte er natürlich Blut und Wasser. »Wenn die mich anhalten, dann ist der Führerschein weg«, dachte er plötzlich recht nüchtern. Ganz sanft und vorsichtig ging er plötzlich mit Lenkrad und Gaspedal um. Aber das Polizeiauto blieb nahe dran.

Überlegungen schossen durch des Bürgermeisters Kopf. »Plötzlich aufs Gas treten, die Burschen abhängen?« »Nein!« sagte sich sein vernünftiges zweites Ich. »Das bringt nichts.«

Also blieb das Prinzip Hoffnung. Die Fahrt schien nicht zu enden, wie ein böser Fluch blieben die Polizisten dran. Endlich tauchte des Bürgermeisters Heim auf, er bog ab – und sah mit großer Erleichterung, wie der Polizeiwagen vorbeifuhr. Das war für ihn Weihnachten und Sechser im Lotto zusammen.

Am nächsten Tag erzählte er die ganze Geschichte dem

Polizeichef, berichtete von seinen Todesängsten und fluchte auf den Zufall, der ausgerechnet die Polizei sich an seinen Auspuff heften ließ.
»Was willst Du denn«, lachte da der Polizeichef. »Die hab ich Dir doch hinterhergeschickt. Du warst so besoffen, da wollt ich schon sicher sein, daß Du gut nach Hause kommst.«

Polizeikontrolle

Polizeikontrolle nach einem Weinfest in Valwig an der Mosel. »Blasen Sie mal schön ins Röhrchen«, meint der Polizist zu einem Autofahrer, den man angehalten hatte.
»Das hab ich noch nie gemacht«, meint der. »Blasen Sie doch einfach für mich.«
»Na schön, wenn Sie unbedingt wegen Trunkenheit ins Gefängnis wollen . . .«

Führerschein weg

Zuviel Wein ist gefährlich. Und gerade in Weinfestzeiten paßt die Polizei scharf auf. Auch Fritz hat sie erwischt. Klagend erzählt er's seinem Freund.
»Wie ist denn das passiert? Bist Du in Schlangenlinien gefahren?«
»Nein, ich hab nur auf der Autobahn überholt.«
»Aber das ist doch erlaubt!?«
»Nicht, wenn du einen Geisterfahrer überholst.«

Jägermeister

Und wieder einmal Polizeikontrolle auf der Straße zwischen zwei Mosel-Weinorten. Der Polizist, in schicker grüner Uniform, gerät an einen etwas verstimmten Autofahrer.
»Zeigen Sie mir doch bitte mal Ihre Papiere«, fordert der Hüter des Gesetzes.

»Jawoll, Herr Jägermeister!«
Der Polizist stutzt, sagt aber nichts und kontrolliert. Dann fordert er den Autofahrer auf: »Jetzt zeigen Sie mir mal Ihren Verbandskasten und Ihr Warnschild.«
»Jawoll, Herr Jägermeister.«
Nun reicht's dem Polizisten. »Ich bin Hauptwachtmeister! Wieso sprechen Sie mich mit Herr Jägermeister an?«
»Ach wissen Sie, immer wenn ich eine grüne Flasche seh, muß ich an Jägermeister denken.«

Der Test

Autokontrolle. Bei einem Fahrer glaubt ein Polizist etwas Alkoholduft ausgemacht zu haben. Er läßt ihn aussteigen und meint: »Mann, Sie haben wohl ganz schön gezecht.«
»Das stimmt überhaupt nicht, ich bin völlig nüchtern.«
»Das nehme ich Ihnen nicht ab. Wir werden wohl eine Blutprobe machen müssen.«
»Ich beweise Ihnen, wie nüchtern ich bin, Herr Wachtmeister«, meint der Mann, stellt sich in den Handstand und spaziert in einer schnurgeraden Linie 20 Meter vorwärts und wieder zurück. Nachdem er wieder auf beiden Beinen steht, fragt er: »Nun, glauben Sie mir jetzt?«
Der Polizist ist sichtlich beeindruckt von der Darbietung und läßt den Mann weiterfahren.
Seine Freunde im Auto sind ganz erstaunt. »Das hätten wir Dir nie zugetraut. Du hast ja ungeahnte Talente.«
»Halb so wild«, winkt er ab. »Das kann ich auch nur, wenn ich besoffen bin!«

Dankeschön

Im Rheingau, wo die Polizisten manchmal ein Auge zudrücken, ist's wirklich passiert. Ein Polizist trifft einen offensichtlich Angeheiterten, der gerade ins Auto einsteigen will. »Sie können doch nicht mehr fahren, Mann. Warten Sie, ich bring Sie heim.«

Gesagt, getan. Der Polizist steigt hinters Steuer und kutschiert den Zecher nach Hause. Dann macht er sich zu Fuß auf den Rückweg ins Revier.
Nach wenigen Minuten hört er hinter sich ein Auto, dreht sich um und glaubt, seinen Augen nicht zu trauen. Da sitzt doch der Betrunkene am Lenkrad! Flugs hält der Polizist das Auto an und macht dem Rheingauer Zecher böse Vorhaltungen.
Der aber meint nur: »Ich wollte nur zu Ihnen ins Revier. Es war so nett von Ihnen, daß Sie mich heimgebracht haben. Jetzt habe ich ein paar Flaschen Wein eingepackt, um mich zu revanchieren.«

Rache ist süß

Ein Winkeler Winzer hatte oft Ärger mit den Weinkontrolleuren. Eines Tages waren sie wieder da und stöberten im Keller, entdeckten auch dieses und jenes, was nicht ganz im Sinne des Gesetzes war. Eine Geldbuße war wohl wieder mal fällig. Ausnahmsweise zeigte sich der Rheingauer Weinbauer versöhnlich. Er lud die Kontrolleure in seine Straußwirtschaft ein, wo sich's die gut schmecken ließen.
Als die Truppe nach einigen Stunden schwankend aufbrach und sich mit dem Auto nach Wiesbaden aufmachte, eilte der Winzer sofort ans Telefon und wählte die Nummer der Polizei. »Da sind ein paar gute Freunde von mir grad mit dem Auto weggefahren. Ich glaub, das hätten sie nicht mehr tun dürfen. Vielleicht könnt Ihr mal aufpassen. Ich will ja nicht, daß was passiert.«
Es passierte auch nichts. Aber beim Herrn Regierungsrat am Steuer wurden 2,9 Promille gemessen ...

Darum

Der Hannes wankt nach dem Weinfest sturzbetrunken zum Parkplatz und will gerade das Auto aufschließen, als

ihn ein Polizist anfährt: »Menschenskind, Finger weg vom Steuer, Sie können ja kaum noch stehen!«
Der Hannes: »Drum will ich ja fahren!«

Blutprobe

»Gestern hab ich Pech gehabt«, erzählt der emsige Weinfreund dem anderen. »Ich bin in eine Polizeikontrolle geraten. Und dann haben mir die Burschen eine Blutprobe abgenommen.«
»Was haben sie denn mit der Probe gemacht?«
»Einen Kameradschaftsabend auf dem Revier!«

Mit achtzig

Eine Pfälzerin fährt nach dem Dürkheimer Wurstmarkt mit dem Auto über enge, kurvenreiche Straßen zu ihrem Heimatort – in einem Höllentempo.
Eine Polizeistreife bemerkt sie, rast hinter ihr her und stoppt sie schließlich. »Sind Sie verrückt, auf diesen Straßen mit achtzig herumzurasen?!«
Die Dame nimmt ihre Kopfbedeckung ab. »Das ist bloß der Hut, der mich so alt macht!«

Das innige Wein-Verhältnis der Ärzte

Der Wein ist unter den Getränken das nützlichste, unter den Arzneien die schmackhafteste, unter den Nahrungsmitteln das angenehmste. *Plutarch*

Klassiker

Zwei klassische Thesen (an denen sogar Shakespeare mitgewirkt haben soll) beweisen, wie gut der Wein für die Menschenkinder ist.

1. Guter Wein macht guten Schlaf,
   wer gut schläft, sündigt nicht.
   Wer nicht sündigt, kommt in den Himmel.
   Ergo führt guter Wein in den Himmel!
2. Guter Wein macht gutes Blut.
   Gutes Blut macht gute Gedanken.
   Gute Gedanken schaffen gute Werke.
   Gute Werke bringen uns in den Himmel.
   Ergo . . .

Beweis

Der beste Beweis für die gesundheitliche Wirkung des Weines:
Es gibt mehr alte Trinker als alte Ärzte!

Losung

»Männer, Ihr sollt immer Euren Körper in Erstaunen versetzen, wieviel er vertragen kann«, lautet eine alte Losung in einem Moselweindorf, die stets bei der Eröffnung eines Weinbrunnens ausgegeben wird.
Es gibt sehr viele erstaunte Körper in diesem Ort – und einen arbeitslosen Arzt.

Gesundheit

»Ich hatte Dich eingeladen, mit mir ein Glas auf meine Gesundheit zu trinken. Und jetzt bist Du bereits beim sechsten Glas!«
»Ja, nun weißt Du, wie schlecht es um Deine Gesundheit steht.«

Ansichtssache

Der Herr Medizinalrat will die Studenten vor den Gefahren des Alkohols warnen. Immer wieder hält er Vorträge gegen Wein, Bier und Schnaps. Und eines Tages entschließt er sich zu einer Demonstration des Gesagten.
In ein Reagenzglas füllt er Alkohol, nimmt einen Wurm, läßt ihn ins Glas fallen. Der Wurm krümmt sich einen Augenblick und rührt sich dann nicht mehr. Exitus!
»Was«, so die triumphierende Frage an die Studenten, »kann man daraus schließen?«
Die Antwort kommt schnell: »Alkohol ist gut gegen Würmer.«

Wundersame Genesung

»Sie wissen wohl gar nicht, daß ich lange Zeit sehr krank war. Ich hätte sicher das Zeitliche gesegnet, wenn mir nicht ein guter Freund eines Tages ein Fäßchen Tokajer gebracht hätte, um mich mit dem Inhalt zu heilen!«
»Womit?«
»Mit einem Faß Tokajer, Sie haben richtig gehört.«
»Wollen Sie wirklich sagen, der Wein hätte Sie geheilt?!«
»Selbstverständlich war es der Wein. Er hat mir wieder Kräfte gegeben. Als das Fäßchen kam, war ich so krank, daß ich es mit beiden Händen nicht hochheben konnte. Ich habe mich wahrlich damit abgequält.«
»Und dann?«
»Ich trank davon jeden Tag einen gesegneten Liter. Und jetzt bin ich wieder so bei Kräften, daß ich das Faß mit einer Hand heben kann.«

Der Andere

»Ich habe Ihnen doch gesagt, daß Sie täglich nicht mehr als ein Glas Tokajer trinken dürfen«, rügt der Arzt.
»Ich weiß, ich weiß, Herr Doktor. Aber wenn ich ein Gläschen getrunken habe, fühle ich mich gleich wie ein anderer Mensch. Und was geht mich an, was der andere tut.«

Aufhören

»Sie müssen endlich Schluß mit dem Trinken machen!« mahnt der Doktor dringend den Patienten. »Und wenn Sie's geschafft haben, sagen Sie mir bitte wie. Ich versuch nämlich schon seit dreißig Jahren, aufzuhören ...«

Warnung

Der Arzt warnt den Herrn von Drewitz: »Wenn Sie weiter soviel trinken, Herr Baron, werden Sie bestimmt nicht alt!«
»Wunderbar«, reibt sich der Baron die Hände. »War schon immer mein Wunsch, lange jung zu bleiben!«

Die Wahrheit

Albert beim Arzt: »Bitte sagen Sie mir die ganze Wahrheit, Herr Doktor, auch wenn sie noch so grausam ist.«
»Das ist eigentlich ganz einfach. Sie müssen enthaltsamer leben. Vor allem dürfen Sie keinen Tropfen Alkohol mehr anrühren.«
»Können Sie mir das auch auf Lateinisch sagen – für meine Frau ...«

Vielfraß

Ein Patient klagt beim Arzt: »Also, Herr Doktor. Ich hab seit heut früh so ein fürchterliches Magendrücken und

eine merkwürdige Abneigung gegen Wein. Können Sie mir helfen?«
»Vielleicht haben Sie was Unrechtes gegessen oder getrunken?«
»Ich war gestern nur zum Gansessen eingeladen. Es hat gut geschmeckt. Aber getrunken hab ich auch nicht mehr als sonst, vierzehn Schoppen Roten halt.« Der Arzt greift sich an den Kopf. »Um Himmels willen, den schweren Braten. Und dann auch noch soviel Wein. Da schreib ich Ihnen gleich ein Rezept. Und die Medizin holen Sie sich sofort aus der Apotheke. Dann legen Sie sich ins Bett, und in ein paar Tagen ist Ihr Magen wieder in Ordnung.« Der Patient zaudert. »Morgen abend bin ich zu einem Knödelessen eingeladen. Geben Sie mir doch bitte gleich das Rezept für übermorgen...«

Gut gemeint

»Ich hörte, daß Du Dich ab und zu betrinkst«, meinte mahnend ein Arzt zu einem guten Freund, von dem bekannt war, daß er sehr um guten Umsatz seines Weinhändlers bemüht war.
Die Antwort war offenherzig: »Da hast Du falsch gehört. Nicht ab und zu – alle Tage!«

Arme Babys

»Was, zwei Liter Wein trinken Sie täglich«, wundert sich der Doktor. »Damit ist jetzt Schluß. Keinen Tropfen Alkohol mehr, nur noch Milch«, gibt er seinem Patienten mit auf den Weg.
Einige Tage später trifft er ihn auf der Straße wieder. »Na, wie geht's?«
»Soweit ganz gut, Herr Doktor. Aber ich weiß jetzt auch, warum die Babys dauernd schreien.«

Vorsprung

Der Patient hat es mit dem Magen, und der Arzt verordnet ihm deshalb täglich einen Teller Haferschleimsuppe und ein Glas Rotwein.
Nach einigen Wochen kommt der Kranke wieder in die Praxis und wird befragt: »Na, wie geht es Ihnen? Haben Sie sich auch an meine Anweisungen gehalten?«
»Selbstverständlich, Herr Doktor. Nur bin ich mit der Haferschleimsuppe zwei Wochen im Rückstand und mit dem Wein zwei Monate voraus!«

Gegenvorschlag

»Jetzt trinken Sie eine Zeitlang keinen Alkohol, nicht mal ein Gläschen Wein«, befiehlt der Arzt. »Dabei werden wir beobachten, ob sich Ihre Krankheit bessert.«
Der Patient macht einen Gegenvorschlag: »Wie wär's denn, Herr Doktor, wenn ich mein Quantum verdopple. Dann können wir ja sehen, ob sich meine Krankheit verschlimmert.«

Wir

»Jetzt wollen wir einmal anfangen, vier Wochen lang keinen Tropfen Wein zu trinken«, meint der Arzt zu seinem Patienten, dessen Hobby durch die schöne rote Nase deutlich auszumachen ist. »Und dann werden wir ja sehen, ob's besser wird.«
»Solche Experimente sind mir nicht ganz geheuer«, meint der Patient. »Wollen Sie nicht zuerst allein anfangen? Ich seh ja dann, wie's bei Ihnen wirkt!«

Nachholbedarf

»Ein Glas Wein dürfen Sie am Tag trinken«, gestattet der Arzt großzügig seinem Patienten. »Ich wollt Ihnen das schon vor 14 Tagen sagen.«

»Aber das macht doch nichts, Herr Doktor. Die 14 Schoppen hol ich leicht nach!«

Wie im Flug

Der Doktor ist entsetzt: »Was, zehn Schoppen trinken Sie täglich. Guter Mann, das verkürzt Ihr Leben aber ganz erheblich.«
Der gute Mann lächelt nur. »Das hab ich auch schon gemerkt, Herr Doktor. Wenn ich beim Wein sitze, vergeht die Zeit wie im Flug ...«

Richtigstellung

Ein Arzt hält einen Vortrag über das Thema »Wie erreicht man ein hohes Lebensalter« und fordert in diesem Zusammenhang auch strikte Alkoholabstinenz. Dies ausgerechnet in einem württembergischen Weindorf.
Natürlich meldet sich sofort ein Wengerter zu Wort. »Herr Doktor, was Sia da grad verzapft hent, is' – mit Verlaub gsait – e reachter Käs. Gucket Se emol mi a: I sauf heut noh all Tag meine zwei bis drei Liter Woi und bi achteachtzge! Mei Bruader aber, der hot sei Lebtag nia koin Tropfe Alkohol d'Gurgel napflätschere lao – ond der isch scho mit faifviertel Johr g'storbe.«

Bedenklich

Ein Pfälzer beim Arzt. Gut geht's ihm nicht gerade. Nach der Untersuchung meint der Doktor: »Für Sie gibt's in Zukunft drei Dinge nicht mehr. Mit dem Rauchen ist Schluß, mit den Frauen ebenso, und ganz besonders mit dem Wein!«
»Sind Sie wirklich überzeugt«, fragt der Patient fassungslos, »daß das was hilft, daß ich hundert Jahre alt werde?«
»Natürlich nicht«, meint der Arzt. »Aber es wird Ihnen so vorkommen.«

Nicht verrückt

Der Arzt trifft seinen Patienten auf der Straße und schimpft: »Sind Sie verrückt! Sie sollen doch zu Hause im Bett bleiben. Wollen Sie sich eine Lungenentzündung holen?«
Der Patient kleinlaut: »Nein, nur ein Fläschchen Wein.«

Fehldiagnose

Mit der Miene eines Allwissenden trat der große Arzt, umgeben von andächtig lauschenden Studenten, vor das Bett eines Kranken, der an Delirium tremens (Säuferwahnsinn) litt.
»Was sind Sie von Beruf?«
»Musiker, Herr Professor.«
Jetzt war der große Mann in seinem Element. »Sehen Sie, meine Herren, hier ist wieder ein Beweis dafür, daß das Spielen von Blasinstrumenten in der Kehle eine derartige Trockenheit erzeugt, daß der Bläser oft nur durch das Trinken von alkoholischen Sachen in der Lage ist, seinen Beruf voll und ganz auszuüben. Diese Krankheit ist eine Folge des übermäßigen Genusses.«
Ehrfürchtig saugen die Studenten das Wissen des Professors in sich auf, als sich der nochmal an den Patienten wendet: »Welches Blasinstrument spielen Sie eigentlich?«
»Geige.«

Leistungsfähig

In einem kleinen Dorf im Württembergischen besuchte ein Reporter einen Fußballhelden, den Torwart des örtlichen Sportvereins. »Mit 48 Jahren stehen Sie noch im Tor der Bezirksligamannschaft. Das ist einmalig. Wie machen Sie das?«
»Ha, ich trink eben täglich meine zwei, drei Viertele Trollinger. Das hält jung und fit. Aber mein Alter ist

nichts Besonderes. Mein Bruder, der Friedrich, der steht noch heut jeden Tag im Wengert, wenn's sein muß. Und sportlich ist der noch! Kürzlich hat er den Ärmelkanal durchschwommen – mit siebzig Jahr'!«
»Das ist ja sensationell«, staunte der Reporter. »Ich muß unbedingt mit Ihrem Bruder sprechen. Das gibt ja eine tolle Geschichte. Wo kann ich ihn finden?«
»Im Moment ist das schwierig. Er ist nämlich grad auf der Hochzeitsfeier von unserm Vadder. Und da bekommen Sie den nicht weg. Denn der säuft fast soviel wie der Vadder.«
»Moment, täusche ich mich nicht. Sie sprechen von Ihrem Vater. Wie alt ist der denn?«
»Im März ist er 95 geworden.«
»Und in dem Alter säuft er noch, wie Sie sagen. Und heiraten will der alte Mann auch noch?!«
»Was heißt will – er muß!«

Total betrunken

Der Herr Doktor weilte auf einer Abendgesellschaft unter Freunden, bei der ausgiebig gezecht wurde. Zu später Stunde erreichte ihn ein Notruf. Obwohl er schon zuviel getrunken hat, gehorcht er seiner Pflicht und fährt mit dem Taxi zu einer leidenden Dame.
Bei der Untersuchung zittert das Stethoskop so stark in seiner Hand, daß er Schwierigkeiten mit der Diagnose hat. »Total betrunken!« stellt er sich selbstanklagend die Diagnose.
Da richtet sich die Patientin auf und flüstert: »Sie haben ja recht, Herr Doktor. Aber sagen Sie bitte meinem Mann kein Wort!«

Vergleiche

»Natürlich, meine Herren, bin ich mir völlig klar über die Gefahren des Alkohols«, sprach der Mediziner zu seinen

Kollegen. »Aber wenn ich diesen herrlichen Wein vor mir schlichtweg als Alkohol bezeichnen müßte, es käme mir vor, als wenn ich zu meiner Geliebten sagte: ›Du Wirbeltier‹!«

Scheintot

In Neef an der Mosel diagnostizierte der Arzt den Tod eines Winzers. Sonderlich traurig war seine Frau nicht darüber, da er mehr mit dem Wirtshaus als mit ihr verheiratet gewesen war.
Auf dem Marsch zum Friedhof gab es Probleme, da der Neefer Friedhof hoch am Berg liegt und der Weg dorthin recht steil ist. Plötzlich kam einer der Sargträger ins Rutschen, der Sarg fiel auf den Boden, rutschte noch einige Meter den Weg hinunter, wobei der Sargdeckel aufsprang. Und der Tote öffnete plötzlich die Augen – er war nur scheintot gewesen und durch die Erschütterung wieder aufgewacht!
Einige Wochen konnte er sich noch des Lebens erfreuen und sprach dem Wein mehr zu als vordem. Dann aber konstatierte der Arzt erneut seinen Tod.
Vor der Beerdigung versammelte die Frau die vier Sargträger um sich, drückte jedem zwanzig Mark in die Hand und meinte dazu: »Haltet ihn auch richtig fest!«

Frauen und Wein – ein lästerliches Kapitel

»Guter Wein im Manne und Geduld in der Frau – da werden beide mit Vergnügen grau.« *Alte Weisheit*

Welche Frau sind Sie?

Frauen und Weingenuß – daraus lassen sich gewisse Schlüsse ziehen. Welche Frau sind Sie, liebe Leserin?
Frauen, die gute Weine aufmerksam kosten, um deren Feinheiten zu erkennen, sind arbeitsam, seriös und klug. Sie sind treue und tapfere Kameraden in guten und bösen Zeiten.
Frauen, die den frischen herben Wein lieben, sind köstliche Naturkinder, mit denen durch Wald und Flur zu streifen eine Lust ist. Sie lieben das Echte und Klare.
Frauen, die den milden, lieblichen Wein bevorzugen, sind heitere Unterhalterinnen bei gedämpftem Kerzenschein in kultivierter Umgebung.
Frauen, die ihr Glas Wein in einem Zuge achtlos hinuntertrinken, sind gewiß originell, lustig und guter Dinge, aber auch von pikanter Schroffheit und recht kapriziös (launisch).
Frauen, die auch einen einfachen Wein mit Genuß trinken, haben einen gleichmäßigen, liebenswerten Charakter und führen eine gute Küche.
Frauen, die an jedem Wein etwas auszusetzen haben, sind mißtrauisch und neigen leicht zur Eifersucht.
Frauen mit kalten Augen und bissigen Bemerkungen, die mit fest geschlossenen Lippen nie ein Lächeln zeigen, trinken wahrscheinlich nur Wasser.

Gefährliche Weibes-Personen

Den Winzern war das weibliche Geschlecht in früheren Zeiten nicht geheuer. Noch vor rund 250 Jahren wurde geraten, vor Frauen die Kellertüre zu versperren. Das las sich dann etwa so:

»Darum sollen sich Weibsbilder zur selben Zeit von Bergen und Wein oder Mostfässern absentiren und darzu nicht kommen – Es soll auch kein Gestanck zum Weine kommen und kein Weibsbild!« (M. J. Coler, Frankfurt im Jahr 1680.)

Oder der als ernst und gewissenhaft geltende Schriftsteller von Rohr anno 1730: »Nachdem der Wein in allen Stücken sehr sauber und reinlich tractirt seyn will, so muß man nicht alleyn so viel als möglich verhüten, daß die Weibes-Personen zur Zeit ihrer gewöhnlichen Krankheit von dem Wein abgehalten werden, . . . sondern auch die übelriechenden und bockentzenden Weibes-Personen nicht leicht zum Wein lassen, indem man Exempel hat, daß durch dergleichen Weibes-Personen die Weine zäh und trüb geworden.«

Erst in der zweiten Hälfte des 18. Jahrhunderts kommt man von diesem Aberglauben ab und spricht von »einem unbegründeten Vorurtheil«.

Wie sehr sind die Damen heute emanzipiert! In einigen deutschen Anbaugebieten dürfen »Weibes-Personen« gar Werbung für Wein betreiben. Und Wein-Königinnen gibt es auch noch.

Winzer sind eben einsichtig.

Jahrgangsfrage

»Was könntest Du Dir leichter abgewöhnen, den Wein oder die Frauen?«

»Das kommt ganz auf den Jahrgang an . . .«

Eheanbahnung auf Badisch

In der Badischen Zeitung stand folgende Anzeige unter der Rubrik Heiraten:
»Horst, sympath. Zecher mit Hang zur Fortbildung, 23, sucht Winzertochter. Durst vorhanden. Ernstgemeinte Bildzuschriften erbeten.«

Recht hat er!

Ein Pfälzer geht mit seiner Frau und seinem zehnjährigen Sohn in sein Stammlokal. »Zwei Schoppen!« bestellt er (das sind in dieser Gegend zwei halbe Liter).
Darauf der Junior: »Kriegt die Mutter nichts?«

Leiden

»Ihr Mann hat wohl immer unter großem Durst zu leiden«, fragt der Arzt die Frau des Patienten, als er in dessen Wohnung zufällig etliche leere Weinflaschen entdeckt.
»Nein, Herr Doktor. So weit läßt er's nie kommen.«

Mondsüchtig

»Mein Mann ist wie der Mond«, erzählt eine Frau ihrer Freundin.
»Mit einem Viertel fängt er an. Dann trinkt er ein zweites und drittes. Schließlich ist er voll!«

Nachwuchs

»Schon wieder Zuwachs?« wundert sich die Hebamme, die zum sechsten Mal in regelmäßigen Jahresabständen zur Winzersfrau gerufen wird.
»Daran ist nur der Wein schuld«, erzählt die werdende Mutter.

»???«
»Wenn er gut geraten ist, bekommen wir ein Kind vor lauter Freud', ist er schlecht geraten, vor Wut . . .«

Egal

»Mein Mann ißt Karpfen am liebsten blau!«
»Das ist meinem egal. Er ißt ihn auch, wenn er nüchtern ist.«

Verweigert

Wie's der Zufall so wollte, hatte eine Rheingauer Winzersgattin aus dem Örtchen Martinsthal 1971, 1973, 1975 und 1976 jeweils ein Kind bekommen – alles Jahre, in denen ein ausgezeichneter Wein wuchs.
Dann aber ließ, wie man weiß, die Qualität der Weine jahrelang zu wünschen übrig. Im Jahr 1980, im Frühjahr war's, als die Martinsthalerin von einer Freundin angesprochen wurde. »Ich hab' geträumt, Du bist wieder in anderen Umständen. Da können wir uns ja schon auf einen guten Weinjahrgang freuen!?«
»Nein, nein«, entsetzte sich die Winzersfrau. »Jetzt könnt Ihr Euch eine andere suchen . . .«

Schüchtern

Karl ist noch ziemlich schüchtern, wenn es um Mädchen geht. Er holt sich Rat bei seinem Freund Egon.
»Das ist ganz einfach«, meint der. »Du lernst ein Mädchen kennen, lädst es zu einem Fläschchen Wein und vielleicht noch zu einem zweiten Fläschchen Wein ein. Danach habt Ihr beide keine Hemmungen mehr. Und Du kannst tun, was Dir am meisten Spaß macht.«
»Gut und schön«, meint Karl. »Aber was ist, wenn sie kein Halma spielt?«

Abgelehnt

Im Schwabenland. Mit der alten Frau Nägele geht's zu Ende. Seit frühmorgens röchelt sie nur noch, und jetzt ist es später Nachmittag. Der Mann muß, wenn drunten im Erdgeschoß die Ladentür läutet, immer wieder runterrennen. Das Geschäft muß eben weitergehen. Allmählich wird ihm das ewige Rauf und Runter zuviel. Wieder einmal bittet ihn seine Frau zu sich und flüstert: »Woischt, Alderle, kenntscht mer no e bissle von dem Woi gebe, von mei'm Lieblingswoi.«
»Ha no, jetzt reichts! Nix Woi. Jetzt werd gschtorbe!«

Der Affe

Auch in Wien trinkt man gern ein Weinderl. Eines Abends schwankt ein fröhlicher Zecher, gestützt von seinem Weiberl, zur Straßenbahn. Alle Versuche, einzusteigen, scheitern, obwohl seine Frau kräftig von hinten schiebt.
Der Schaffner ist ungehalten. »Also heern's. Mit dem Affen kommens net rein bei mir!«
Da dreht sich unser Zecher um zu seiner Frau: »Da hammas. Mit Dir kann i nirgends hingehen.«

Falsch verstanden

Es ist spät in der Nacht, als sich die Wohnungstür öffnet. Der Heimkehrende wird sofort mit wütenden Worten empfangen: »Du hast mir versprochen, nur einen Schoppen zu trinken und um acht zu Hause zu sein!«
»Das hast Du falsch verstanden, mein Liebling«, kommt die Antwort. »Ich hab' gesagt, ich trinke acht Schoppen und bin um eins zu Hause.«

Ärger

Er hat sich wieder mal über seine Frau geärgert, geht ins nächste Lokal und leert einen Schoppen nach dem anderen. Dann stiert er auf die leeren Gläser und konstatiert: »Was mich dieses Weib wieder Geld kostet!«

Kluger Verstand

Die Frau macht ihrem Mann wieder mal Vorwürfe. »Wie kann man nur soviel trinken. Du mußt Dich doch allmählich fragen, ob das noch vernünftig ist!«
»Aber Liebling, das tue ich doch. Jedesmal, wenn ich eine Weinflasche entkorke, frage ich meinen Verstand und meinen Magen, ob ich etwas trinken soll. Der Magen meint ja, der Verstand nein. Mein Verstand ist aber klüger. Und der Klügere gibt bekanntlich immer nach . . .«

Verbot

Emma erwischt ihren Mann, als er beim Abendessen ein Glas Wein trinkt. »Du weißt doch, daß Dir der Arzt verboten hat, zum Essen Wein zu trinken!«
»Stimmt, Du hast recht. Räum das Essen ab.«

Glückliche Menschen

Mit einem handfesten Rausch kommt Dieter, ein waschechter Pfälzer, um Mitternacht nach Hause. Seine Frau heult, als sie seinen Zustand erkennt: »Gestern warst Du pünktlich zum Abendessen da, warst nüchtern – und ich war glücklich. Was war denn heute wieder los mit Dir?«
»Heut' wollte ich zur Abwechslung glücklich sein.«

Vermißt

»Meine Frau hat mir gedroht, mich zu verlassen, wenn ich mit dem Trinken nicht aufhöre.«
»Und was wirst Du tun?«
»Ich werde sie schon etwas vermissen.«

Warum?

Es ist sehr spät. Oder auch schon sehr früh. Zwei stille Zecher sitzen noch friedlich beisammen. »Was sagt denn Ihre Frau, wenn Sie so spät nach Hause kommen?« fragt der eine.
Der andere schüttelt den Kopf: »Ich bin nicht verheiratet.«
»Aber weshalb gehen Sie dann so spät nach Hause?«

Anschauungssache

Nach einer fröhlichen Weinrunde hält sich ein Berauschter am Brückengeländer fest und entleert sein Innerstes in den Fluß. Eine Frau, die vorbeikommt, ist empört: »Das ist schlimm, wie Sie betrunken sind!«
Der Betrunkene ist überhaupt nicht beeindruckt, so erzürnt sie sich weiter: »Sie sind sogar besonders schlimm betrunken. Sie sind außerordentlich betrunken!«
Das läßt sich der Berauschte nicht mehr bieten. Er mustert die Frau und lächelt dann: »Hick, Sie sind aber häßlich. Wenn ich Sie, hick, genau anschau, sind Sie sogar besonders häßlich, nein, hick, außerordentlich häßlich!«
Die Frau schnappt nach Luft, der Mann fügt noch hinzu: »Ich bin morgen wieder nüchtern . . .«

Scheidungsgrund

Der Erwin will sich scheiden lassen. »So geht das mit meiner Frau nicht weiter«, erzählt er dem Rechtsanwalt.

»Jede Nacht treibt sie sich in den Kneipen rum.«
»Was sucht sie denn da um diese Zeit?«
»Mich!«

Die Köchin

Dieter erzählt seinem Freund Jürgen: »Wenn ich nachts um zwei nach Hause komme, kocht meine Frau immer vor Wut.«
Seufzt der Jüngere: »Du hast's gut. Wenn ich solange im Weinlokal sitze, krieg ich anschließend zu Hause nie mehr was Warmes zu essen.«

Trinkfeste Queen

Trinkfestigkeit gehört zwar nur zu den inoffiziellen Voraussetzungen der jungen Damen, die es auf die Weinkönigin-Krone abgesehen haben. Aber man attestiert ihnen allenthalben solche Qualitäten. Sogar bei der Polizei.
Die einstige Nahe-Weinkönigin Silvia war es, die das Pech hatte, mit ihrem Oberkellner (die Ex-Königin ist heute Chefin eines Feinschmeckerlokals in Guldental) zu später Stunde in eine Polizeistreife zu geraten. Der Oberkellner saß am Steuer und wurde argwöhnisch gefragt, ob er wohl etwas getrunken habe. Wahrheitsgemäß antwortete er: »Nur zwei Gläser Wein.«
Daraufhin sah sich der Polizist die Beifahrerin an, stutzte und meinte dann: »Sind Sie nicht unsere frühere Weinkönigin?«
Silvia bejahte.
»Haben Sie etwas getrunken?«
»Ja, auch nur zwei Gläser Wein!«
»Dann setzen Sie sich lieber ans Steuer. Weinköniginnen vertragen mehr!«

Ehrlicher Wein

Weinköniginnen müssen in ihrer Amtszeit ihr Interesse für das männliche Geschlecht hintenanstellen (verheiratet sein dürfen sie ohnehin nicht). Aber die Frage ist natürlich stets naheliegend: »Wie halten es Hoheit mit den Herren der Schöpfung?«
Sie wurde eines Tages auch bei einer Weinköniginnen-Wahl gestellt. Die Antwort war geradezu klassisch: »Ich habe die Erfahrung gemacht«, meinte die junge Dame, »daß der Wein viel ehrlicher ist als die Männer. Deshalb bleibe ich dem Wein treu!«

Königliche Sorgen

Der Schreiber dieser Zeilen saß bei einem Geplauder mit einer deutschen Weinkönigin, die ihm, der gelegentlich wie ein Beichtvater wirken kann, von ihren Sorgen und Nöten berichtete.
»Ach, es ist alles so mühsam«, stöhnte Queenchen. »Ich fühl mich so schlapp.«
»Die beste Lösung«, so hub der Autor weise zu sprechen an, »ist der Wein!« Gelehrt zitierte er Geheimrat Goethe: »Wenn Ihr Wein getrunken habt, seid Ihr alles doppelt, was Ihr sein wollt . . .«
Majestät: »Ich bin am liebsten faul . . .«

Schwerpunkt?

Es war bei der Wahl zur Deutschen Weinkönigin 1980/81 in Neustadt. Die rheinhessische Kandidatin Regine Usinger wurde gefragt: »Welchen Wein empfehlen Sie zu einer Vesper mit einem jungen Mann?«
»Das kommt auf den Schwerpunkt an. Ist's der junge Mann oder die Vesper . . .?«
Übrigens, Fräulein Usinger wurde wenig später zur Deutschen Weinkönigin gewählt.

Bedauern

Bedauern bei der Weinköniginnen-Wahl 1981 unter den Journalisten im Wahlkomitee. »Schade, daß man Weinköniginnen nicht kreuzen kann«, meinte einer der Kollegen.
»Wieso das?«
»Wenn die erste Kandidatin so hübsch gewesen wäre wie die zweite oder die zweite so schlagfertig wie die erste, dann hätten wir die ideale Weinkönigin!«

Humor im schwarzen Talar

»Der Geist kann nicht im Trockenen wohnen.«
Hl. Augustinus

Schlagfertig

Er galt unter den vielen Originalen im schwarzen Talar noch als besonderes Original, der Pastor München aus dem Eifeldorf Speicher. Bei seinen Predigten gebrauchte er oft geharnischte Worte an die Adresse seiner Speicherer, bei denen offenbar recht rüde Sitten üblich waren. Diese Umgangssprache freilich fiel bei seinen Vorgesetzten unangenehm auf, und man zitierte ihn nach Trier zwecks Maßregelung.

Pastor München regte sich darüber nicht sonderlich auf und demonstrierte Gelassenheit, als er vor vier hohen Herren erschien, die schon mit finsteren Mienen dasaßen und auch nicht vergnügter lächelten, als ihnen ein Diener eine Flasche Wein mit vier Gläsern auf den Tisch stellte. Für den Gast wurde kein Glas bereitgestellt.

Die Verhandlung wurde eröffnet. »Man hört ja seltsame Sachen aus Ihrem Ort«, begann der Vorsitzende des Strafgremiums, aber er kam nicht weit. Denn Pastor München ging sofort in die Offensive.

»Seltsame Sachen gibt's allerdings bei uns. Hat es sich schon bis Trier herumgesprochen, daß in Speicher eine Kuh fünf Kälber bekommen hat?«

Der Vorsitzende stutzte: »Eine Kuh und fünf Kälber?«

»In der Tat, fünf Kälber, und zwar auf einen Wurf!«

»Das ist unmöglich. Eine Kuh hat ja nur vier Zitzen, wo sollen denn da fünf Kälber saufen?«

Jetzt hatte der Pastor die Herren da, wo er sie haben wollte. »Das geht sehr wohl. In Trier ist's ja offensichtlich auch möglich. Fünf sitzen am Tisch. Aber saufen können nur vier . . .«

Der Allerbeste

Josef Hans, Pfarrer in Assmannshausen im Rheingau, trank gern ein gutes Tröpfchen und wurde darob 86 Jahre alt. Zum 85. erhielt er den Besuch seines Bischofs. Und selbstverständlich griff Hans in seine Schatzkammer. Als die Flasche geleert war, lobte der Bischof: »Jetzt haben wir sicher Ihren besten Wein getrunken.«
»Ach nein«, sagte Hans. »Ich hab' da schon noch einen besseren, aber nur für ganz besondere Gäste.«
Da war der Bischof schon überrascht. »Bin ich etwa kein besonderer Gast?« fragte er leicht indigniert.
»So dürfen Sie es nicht sehen«, meinte Hans. »Die allerbesten trink ich, wenn der Herrgott und ich allein sind ...«

Taufe ohne Wasser

Ein alter Spötter versucht, einem Priester eine Frage zu stellen, die dieser nicht beantworten kann.
»Womit, Ehrwürden, würden Sie taufen, wenn es kein Wasser gäbe?«
Der Priester gibt keine Antwort, sondern deutet nur auf den Himmel, an dem sich mächtige Regenwolken abzeichnen.
»Gut, gut«, meint der Frager, »aber nehmen wir an, daß es nicht mehr regnet.«
»Dann würde ich Wasser aus dem Brunnen oder dem Fluß schöpfen.«
»Aber wenn alles ausgetrocknet ist?«
Der Pfarrer läßt sich auch jetzt nicht erschüttern: »Dann würde ich mit Meßwein taufen.«
Verbissen darauf der Spötter: »Aber wenn es auch keinen Meßwein mehr gibt?«
»Dann wäre ich auch kein Pfarrer!«

Predigt

Der junge Kaplan darf zum ersten Mal eine Predigt halten. Mordsaufgeregt ist er. Und um seine Aufregung etwas zu bekämpfen, trinkt er vorher noch ein Gläschen Wein. Ganz hilft es nicht. Also nochmal ein Gläschen, und noch eins. Endlich hat er genügend Mut. Und das Feuer seiner Rede ist denn auch gewaltig.
Nach der Predigt bittet ihn der Pfarrer zu sich und spricht ihm seine Anerkennung aus. »Sie haben das nicht schlecht gemacht. Aber drei Fehler sind Ihnen doch unterlaufen. Erstens: Die bewußte Hochzeit war nicht in Kanada, sondern in Kana. Zweitens: Christus ist am Kreuz gestorben und nicht erschossen worden. Und drittens heißt es am Schluß Amen und nicht Prost!«

Bekehrungsversuch

Der neue Pfarrer hatte sich vorgenommen, den Bürgern des Weindorfes gehörig die Leviten zu lesen. Zuviel hatte er von unmäßigem Weintrinken gehört.
So predigte er mit flammenden Worten von der Kanzel: »Im Wein ist Alkohol. Und Alkohol ist Gift. Ich sehne den Tag herbei, an dem Ihr alle so vernünftig seid und dieses Gift in den Fluß schüttet.«
Nun folgte ein Lied Nr. 94, Vers 1. Die Gemeinde blätterte in ihren Gesangsbüchern und plötzlich gab es ein großes Gelächter. Jenes Lied nämlich begann mit den Worten: »Also, liebe Brüder, sammeln wir uns am Flusse!«

Der feine Unterschied

Ein Brandenburger Kurfürst namens Johann griff, sehr zum Mißvergnügen seiner Gattin, häufig zum Weinglas. Eines Tages bat Frau Kurfürst den Pastor: »Predigen Sie doch mal wider das Saufen. Vielleicht können Sie meinen

Mann bekehren. Aber Sie müssen so predigen, daß er sich zwar persönlich angesprochen, aber keineswegs vor allen Leuten beleidigt fühlt.«
»Das ist keine leichte Aufgabe, gnädige Frau«, meinte der Pastor. »Ich muß das mit Fingerspitzengefühl angehen. Aber mir wird schon etwas einfallen.«
Am Sonntag in der Messe predigte der Pastor vor der großen Pfarrgemeinde und dem Kurfürst: »Man muß mit dem Saufen aufhören! Wer säuft, kommt in die Hölle«, rief er mit markiger Stimme. »Nur unserm wackeren Fürsten – dem tut's Saufen gut!«

Versprecher

Das Weindorf hat einen neuen Pfarrer bekommen. Er will seinen Schäfchen gleich bei der ersten Predigt klarmachen, was der Herr doch für ein Kerl war. Aber sein Vorgänger hatte ihm gesagt, daß seine Zuhörerschaft sehr kritisch und schwer mitzureißen sein würde. So war der Neue doch etwas aufgeregt und beruhigte sich selbst mit einer Ration vom Meßwein.
Dann trat er auf die Kanzel und hub an: »Jesus nahm einst 5000 Brote und 5000 Fische und speiste damit fünf Mann!«
Natürlich hätte es genau umgekehrt heißen müssen. Und der Pfarrer erkannte auch sehr schnell seinen Versprecher, in der Hoffnung, daß es den Kirchgängern nicht aufgefallen wäre. Aber da hatte er die Rechnung ohne einen verschmitzten Winzer in der ersten Reihe gemacht, der in die Stille hinein frotzelte: »Das hätt' ich auch gekonnt!«
Nun, die Predigt ging doch noch gut zu Ende. Und am nächsten Wochenende wollte der Pfarrer seinen Versprecher wieder gutmachen. Nochmals plauderte er mit markigen Worten: »Jesus nahm fünf Brote und fünf Fische und speiste damit 5000 Leute!«
Kurzes Abwarten, dann blickte er zu seinem Winzer-

freund. Der schmunzelte. Also fragte der Pfarrer: »Hättest Du das auch gekonnt?«
Die Antwort: »Natürlich, es war ja von der letzten Woche noch jede Menge übrig.«

Kuhhirte

Vor über 100 Jahren wirkte im Rheingauer Weinort Rauenthal der Pfarrer Jakob Lauch, ein rechtes Unikum.
Als er eines Samstagabends aus dem Beichtstuhl kam und brummelte ob der zahlreichen Schandtaten, die ihm seine Schäfchen wieder erzählt hatten, stand vor dem Pfarrhaustor die Peitsche des Dorfhirten. Eine stumme, spaßhafte Aufforderung, das Kühehüten zu übernehmen.
»Euch werd ich's geben«, schmunzelte der Pfarrer. Verschmitzt machte er sich ans Abendbrot, leerte noch ein Fläschchen Rauenthaler Baiken, legte sich dann zur Ruhe, um schon um vier Uhr morgens aufzustehen. Er nahm die Peitsche und trieb die Kühe aus jedem Stall hinaus auf die Weide. Einige Stunden später hörte er das Glockengeläut, das die Messe ankündigte. Aber er widmete sich der ihm auferlegten Pflicht und paßte auf die Kühe auf.
Längst schon hatten sich die Rauenthaler in der Kirche versammelt, der Pfarrer erschien nicht. Da lief der Kirchenvorstand hinaus auf die Weide und bat den Pfarrer, doch zu erscheinen. Der schelmische Priester indes lachte nur: »Ei, wo denkt Ihr hin? Ich bleib hier bei meinen Kühen. Daheim hab ich doch Ochsen genug!«

Letzte Ölung

Der Lehrer ist neu im (Wein-)Ort und wird, wie's Brauch ist, beim Wein so richtig in die örtlichen Sitten eingeführt, die da einzig und allein lauten: möglichst viele Becher bis zur Neige leeren.
Der des Zechens etwas unkundige Lehrer hat natürlich zu

später Stunde wacklige Knie, so daß sich der Pfarrer anbietet, ihn nach Hause zu geleiten. Aber da auch der Pfarrer nicht mehr ganz fest auf den Beinen steht, landen die beiden im Straßengraben. Der Pfarrer steht gleich wieder, doch der Lehrer rührt sich nicht mehr und winselt nur leise.
Besorgt meint der Pfarrer: »Muß ich Ihnen die letzte Ölung geben?«
»Um Himmels willen«, stöhnt da der Lehrer. »Auf den vielen Wein auch noch was Fettes . . .«

Keine Auferstehung

Zwei Pfarrer haben große Meßweinprobe in ihrem Weingut gemacht und marschieren anschließend heimwärts. Der Geist des Weines jedoch hat die Knie weich gemacht und das Gleichgewicht gestört, so daß beide plötzlich im Straßengraben landen.
Eine Zeitlang versuchen sie, sich gegenseitig in die Höhe zu helfen. Dann fragt der eine den anderen verzweifelt: »Bruder, glaubst Du an die Auferstehung?«
»Nein. Die nächsten zwei Stunden mit Sicherheit nicht!«

Kurzer Spruch

An einem heißen Tag besucht der Herr Pfarrer einige seiner Schäfchen in einem kleinen Weindorf. Mit einer Winzersfrau kommt er dabei ins Plaudern. Nachdem er sich nach ihrem Befinden erkundigt hat, fragt sie auch: »Und wie geht es Ihnen, Hochwürden?«
»Ach, wie's einem bei einem solchen Wetter eben geht – so wie's im kürzesten Bibelspruch steht.«
Jetzt war die Frau ratlos, aber sie wollte sich doch nicht anmerken lassen, daß sie nicht so bibelfest war. »Das tut mir aber leid«, meinte sie und war froh, als gleich darauf der Gatte kam. »Stell Dir vor, unserm Herrn Pfarrer geht es heut so, wie es im kürzesten Bibelspruch steht!«

Der Mann lachte: »Das wundert mich nicht bei der Hitze. Mich dürstet – heißt es in der Bibel. Geh doch gleich mal und hol eine gute Flasche aus dem Keller.«

Bischofs-Tour

Der Herr Bischof ist auch Weinfreund. Und so macht er regelmäßig eine kleine Tour durch die Weinkeller seiner Schäfchen. Eines Tages ist er in einem Moselort unterwegs. Überall ist man natürlich bemüht, ihm einen besonders guten Tropfen vorzusetzen. Schließlich kommt er zu einer Winzersfrau, die beim Anblick des hohen Würdenträgers erschrickt. Zwar hat sie ein gutes Weinchen parat, aber da ist die Frage, wie man den Bischof anspricht. Man kann doch nicht einfach »Prost« zu ihm sagen, überlegt die Winzersfrau.
Plötzlich kommt ihr der rettende Gedanke, sie hebt das Glas und sagt: »Halleluja, Hochwürden!«

Leichen

Der Bischof ist zur Visite bei einem Landpfarrer. Dabei besichtigt er auch die Kellerräume der Pfarrei und bemerkt in einer Ecke viele leere Weinflaschen.
Er runzelt die Stirn und bemerkt sarkastisch: »Da liegen aber viele Leichen!«
»Das ist nicht tragisch, Eure Exzellenz«, erwidert der Pfarrer. »Ich kann Ihnen versichern, keine ist ohne geistlichen Beistand dahingeschieden.«

Der Streit der Pfarrer

Kiedrich und Rauenthal sind zwei Weinörtchen im Rheingau, beide mit eigener Pfarrei. Einstmals gab es zwischen den beiden Pfarrern einen Streit – denn auch Pfarrer sind Menschen.
Deshalb wurde auch der Kiedricher Pfarrer nicht eingela-

den, als sein Kollege in Rauenthal eine große Veranstaltung ausrichtete.
Der Kiedricher kam trotzdem. Allerdings in die Küche, wo die Köchin des Rauenthaler Pfarrers gerade einen köstlich aussehenden Braten überwachte, der den Gästen serviert werden sollte. Ganz höflich erkundigte sich unser Kiedricher, ob er denn nicht etwas helfen könne.
Die Köchin war ob dieses Angebotes erfreut. »Ei ja, Hochwürden. Zapfen Sie mir doch gleich Wein aus dem Faß ab. Unsere Gäste werden durstig sein.«
Der Pfarrer stieg die wenigen Stufen von der Küche in den Keller, nahm den Pfropfen aus dem Faß – doch statt nun Wein in den mitgebrachten Krug zu füllen, warf er den Pfropfen in die Kellerecke und rief um Hilfe. »Kommen Sie, kommen Sie, mir ist etwas passiert!«
Die Köchin eilte sofort in den Keller, wo sie den Pfarrer sah, der krampfhaft mit der Hand das Loch im Faß verstopfte, damit kein Wein herauslief.
»Übernehmen Sie mal, gute Frau. Ich such derweil einen neuen Pfropfen.«
Die Köchin ließ sich das nicht zweimal sagen, schließlich befand sich im Faß ein köstliches Naß. Der Pfarrer aber verschwand. Und während die Köchin das Faßloch zuhielt, verbruzzelte oben in der Küche der Braten zu einem unansehnlichen schwarzen Stück.
Mit der großen Rauenthaler Feier war's nicht mehr sehr weit her . . .

Dein ist mein

Der Herr Pfarrer saß an einem schönen Sonnentag in seinem Garten bei einem Fläschchen Wein, als eines seiner Schäfchen vorbeikam und etwas mißgünstig meinte: »Ihr sitzt hier beim Weine. Ich aber kann mir keinen leisten. Dabei steht in der Bibel geschrieben, daß der Herrgott für jeden Mann den Wein erschaffen habe. Wo bleibt denn da mein Wein?«

Der Pfarrer schmunzelte. »Habt Trost an meiner Situation. In der Heiligen Schrift steht doch auch, daß Gott für jeden Mann eine Frau erschaffen habe. Und siehe da: Du liebst vielleicht meine Frau, während ich Deinen Wein liebe . . .«

Guter Tropfen

In einem noblen Lokal setzen sich zwei katholische Geistliche an einen Tisch und bestellen eine Flasche eines Spitzenweines. Das hört ein Gast am Nebentisch und meint erstaunt zur Kellnerin: »Trinken die aber einen guten Tropfen!«
Mitleidig erwidert die Kellnerin: »Die haben ja auch sonst nichts.«

Die Beichte

Die Liesl aus der Pfalz beichtet. Grad zu tun hat sie, dem Pfarrer von ihren Sünden zu erzählen. Das geht so eine Viertelstunde, eine halbe Stunde – längst schon ist der Pfarrer bereit, ihr nur eine kleine Buße zu geben, weil sie alles gar so detailliert erzählt. Aber die Liesl holt aus, blendet mit ihrer Beichte weit zurück und fängt schließlich wieder ganz von vorne an.
Das ist dem Pfarrer nun doch zuviel: »Es reicht schon, Liesl. Der Herr verlangt nicht, daß Du alles zweimal beichtest!«
»Wegen dem ist's nicht, Herr Pfarrer. Aber Sie rieche' heut so gut nach Woi!«

Falsch gewählt

Der Besuch kam überraschend, aber man will ihm doch etwas bieten. Also ruft die Hausherrin in der »Goldenen Traube« an, um einige Flaschen Wein kommen zu lassen. Dabei verwählt sie sich und bekommt prompt den Orts-

pfarrer an die Strippe. »Hier ist der Pfarrer«, meldet er sich.
Die Anruferin stutzt und meint nach einer langen Pause: »Sie, Herr Pfarrer. Um diese Zeit noch in der Wirtschaft?!«

Schlauer »Pfaff«

Kammersängerin Erika Köth, die hoch über Neustadt an der Weinstraße ihren eigenen Wingert hat, saß einmal in einer weinfröhlichen Runde, zu der sich ein Pfarrer gesellte. Frau Köth lud ihn herzlich ein, mitzuzechen und zu plaudern.
Und dem Herrn Pfarrer gefiel es ausnehmend gut. Zwar zögerte er zuerst noch, war dann aber nicht mehr zu halten. Denn der Köth-Wein – ein trockener Riesling – schmeckte nach mehr. Nur, für einen Pfarrer ziemte es sich nicht, dem Wein zu sehr zuzusprechen.
Also ergriff der Geistliche kurzentschlossen seinen Talar, hängte ihn an einen Kleiderhaken und meinte: »Da Pfaff', bleib hänge'. Jetzt wird g'soffe!«

Camillo und Peppone an der Mosel

Wenn eine kleine Moselgemeinde wie Senheim einen neuen Pastor bekommt, dann wird der natürlich auf Herz und Nieren geprüft. Und der Herr Pastor hat sich selbstverständlich auch den Sitten und Gebräuchen des Ortes anzupassen, der in diesem Falle auch noch von einem Bürgermeister »regiert« wird, der es faustdick hinter den Ohren hat.
Dieter Schlagkamp heißt der. Und zu seinen liebsten Amtshandlungen gehört stets die Ausrichtung eines Weinfestes. Damit wollte der Neue konkurrieren. Er wollte ein Kirchenfest auf offener Straße abhalten – mit Weinausschank.
Das wiederum wurmte den Herrn Bürgermeister. Aber

er ließ den Pastor zunächst einmal gewähren. Der Tag des Festes kam, alles lief großartig an. Während oben im Dorf bei der Kirche Fröhlichkeit Trumpf war, telefonierte Schlagkamp, der Spitzbub, mit der Polizei im nahen Cochem (die auch für seinen Ort zuständig ist). »Ich hab' da eine Strafsache zu melden, Jungs. Könnt Ihr mir mal einen Wagen mit einigen Beamten rüberschicken?«

Nach zwanzig Minuten war die Polizei beim Bürgermeister. Der setzte ihnen zunächst einmal einige Schöppchen vor, plauderte freundlich und erzählte schließlich: »Da hält einer bei uns im Dorf ein Straßenfest ab. Ich weiß aber nicht, ob das mit den Hygienevorschriften alles richtig läuft und ob der eine Ausschankgenehmigung hat.«

Die stimulierten Beamten eilten sofort zur Stätte des Straßenfestes, wo sie sich nach dem Verantwortlichen erkundigten. Es erschien der Pastor, der sich der barschen Frage ausgesetzt sah, ob er denn für ein solches Fest überhaupt eine Genehmigung habe. Natürlich hatte er nicht.

»Dann muß das Fest sofort abgebrochen werden«, beschieden ihn die Beamten.

»Aber das können Sie doch nicht tun, es gefällt allen Leuten großartig.«

»Gesetz ist Gesetz! Wenn Sie keine Genehmigung beibringen können . . .«

Der Pastor überlegte. »Vielleicht hat der Ortsbürgermeister so was?«

Man eilte zu Schlagkamp, der selbstverständlich eine Dauergenehmigung präsentieren konnte und sich generös bereit erklärte, aufgrund seiner Genehmigung für die Veranstaltung die Verantwortung zu übernehmen . . .

Später kam ihm der Pastor hinter die Schliche. Und im Dorf heißen die beiden seitdem »Don Camillo und Peppone« – wobei die Rollenverteilung unklar geworden ist. Denn mittlerweile sind die beiden beste Freunde und hatten sogar mit einem Kostümwechsel im Karneval einen vielumjubelten Auftritt.

Schlußfolgerung

Nach einem Mosel-Weinfest sind sämtliche Hotels und Pensionen des Ortes belegt. Spät am Abend aber kommt in das beste Haus am Platz noch ein Geistlicher, der unbedingt ein Bett haben möchte. Der Hotelbesitzer räumt deshalb einen kleinen Besprechungssaal und stellt vorsorglich gleich einige Betten auf.
Der erste Pfarrer ist untergebracht, da erscheint noch ein Geistlicher, dem man im gleichen Raum ein Bett anbieten kann. Und wie's der Zufall so will, kommt noch ein dritter Pfarrer, der ebenfalls sein Haupt zur Ruhe betten kann.
Schließlich gesellt sich zu dem Trio auch noch eine junge Dame, die man ja schließlich ohne Bedenken mit den Geistlichen in ein Zimmer legen kann.
Am nächsten Morgen beim Frühstück. Der erste Pfarrer bestellt sich Schinken mit Rühreiern, dazu ein Glas Wein. Der zweite Pfarrer will Wurst, drei weichgekochte Eier und Wein. Der dritte Pfarrer will ebenfalls Eier und Schinken, dazu einen Wein.
Die junge Dame begnügt sich mit Haferflocken und Kaffee. Welche Schlußfolgerung kann man daraus ziehen?
Ganz einfach: 75 Prozent der Bevölkerung trinken Wein!

»Kaffee-Schwester«

Ein junger Priester ging an einem kalten Wintertag durch die Stadt. An einer Ecke traf er auf eine Ordensschwester, die für wohltätige Zwecke sammelte, dabei aber sichtlich fror. Der mitleidige Priester lädt sie deshalb ins nächste Gasthaus auf ein Glas Glühwein ein.
Entrüstet lehnt die Ordensschwester ab, ein Gasthaus zu betreten. Nach längerer Zusprache willigt sie jedoch ein, bittet aber darum, daß man ihr den Wein in der Kaffeetasse serviert, damit sie nicht in der Öffentlichkeit wegen des Weingenusses bloßgestellt wird.

Der junge Priester gibt die Bestellung auf, der Kellner notiert und ruft dann dem Wirt zu: »Zwei Glühwein, einen davon in der Kaffeetasse!«
Der Wirt: »Das ist schon das dritte Mal heute morgen. Ist die Schwester schon wieder da?«

Fester Glauben

Eine Nonne fährt mit dem Auto durch die Pfalz. Unterwegs geht ihr das Benzin aus. Gottlob ist die nächste Tankstelle, zu der sie sich zu Fuß aufmacht, nicht weit. Aber dort hat man keinen Benzinkanister, lediglich ein paar leere Weinflaschen. Der Tankwart füllt Benzin in zwei Flaschen ab und meint: »Damit kommen Sie schon einige Kilometer weiter, damit Sie volltanken können.«
Die Nonne marschiert wieder zurück zu ihrem Wagen und ist gerade dabei, aus der Weinflasche Benzin in den Tank zu füllen, als ein hilfreicher Autofahrer anhält. Als er sieht, wie die Nonne Benzin eingießt, schüttelt er den Kopf und lacht: »Schwester, Ihren Glauben möchte ich haben.«
Als sie dann noch die zweite Flasche leert, sich ins Auto setzt und abbraust, bleibt ein verdutzter Autofahrer zurück, der nur noch ein fassungsloses »Amen« murmelt.

Klosterregel

Zugeschrieben wird die Geschichte den Mönchen im Kloster Eberbach, sie kann sich aber ebenso in einem anderen deutschen Weinkloster abgespielt haben. Denn vor einigen Jahrhunderten waren die Mönche bekanntlich große Zecher vor dem Herrn.
Wieder einmal hatte sich eine fröhliche Runde zusammengefunden, die nach harter Tageslast die eigenen Erzeugnisse probierte und probierte. Plötzlich erkannte man, es war schon zwei Uhr morgens durch. Und um zehn Uhr mußte einer die Messe lesen. Das wiederum

war nur in nüchternem Zustand möglich. »Was machen wir denn da?« fragten sich die trotz aller Weinliebe gottesfürchtigen Mönche.
Die Frage war schnell gelöst. »Die Messe liest Bruder Thomas«, meinte einer. »Er liegt schon seit 23 Uhr unter dem Tisch.«

Nützliche Finger

In Maulbronn im Württembergischen gibt es eine Lage namens »Eilfinger Berg« (früher Elfingerberg), auf der ein ausgezeichneter Tropfen wächst. Und das wiederum soll mit zur Namensgebung dieser Lage beigetragen haben. An irgendeinem fernen Tag in der Vergangenheit, als im dortigen Zisterzienserkloster noch Mönche wirkten und für den Weinanbau zuständig waren, hatte der Bruder Kellermeister den Auftrag, die Weine auf ihren Entwicklungsstand hin zu überprüfen. Es war aber Fastenzeit, und die Mönche durften weder Fleisch essen noch Wein trinken.
Nur für den Kellermeister wurde eine kleine Ausnahme gemacht, er durfte die Finger ins Spundloch stecken und so den Wein kosten. Gesagt, getan. Als der Kellermeister wieder nach oben kam, wurde er befragt, wie denn der Wein geraten sei.
Die schwärmerische Antwort: »Elf Finger müßte man haben ...«

Das Sterben der Klosterbrüder

Die Klosterbrüder waren einst die großen Förderer des Weinbaues. Und natürlich labten sie sich auch gern an dem Getränk, das sie mit großer Mühe dem Boden abgerungen hatten. Die Mönche des Klosters Bornhofen waren davon nicht ausgenommen. So zwölf Schoppen soll jeder am Tag zu sich genommen haben (wobei über die Größe der Schoppengläser nichts überliefert ist). Zwölf

Jünger waren es schließlich auch, die Christus gefolgt waren. Und gab es an besonders heißen Tagen einmal mehrere Schoppen, dann geschah dies nur wegen der Teufelsabwehr!
Allerdings gab es auch mißgünstige Menschen, die den Klosterbrüdern ihren Genuß mißgönnten. Ein solcher berichtete eines Tages dem Kurfürsten, daß der Bruder Hieronymus nach dem sechzehnten Schoppen mit dem Kopf durch das Beichtgitter gestoßen sei und dabei ein Beichtkind verletzt habe. Das war denn doch zuviel des Guten. Am nächsten Tag erreichte ein kurfürstlicher Bote das Kloster und verlas ein Schreiben des Herrschers, das sich mit dem übergroßen Weintrinken der Mönche kritisch befaßte und mit dem Erlaß endete, daß die Klosterbrüder ab sofort nur noch einen Schoppen täglich trinken dürften.
Was war das für ein Wehklagen im Kloster. Tiefe Traurigkeit senkte sich in die Gemüter, die Wangen der Brüder wurden bleich. Und dann kam das Furchtbare: Bruder Wendelin, einer von den Gesunden, starb unter schlimmen Begleiterscheinungen. Sein Gesicht war blau angelaufen und auf seinen Lippen zeigte sich ein weißgrüner Schimmel.
Nach drei weiteren Tagen verschied unter gleichen Umständen Bruder Hyazinth, und nur wenige Stunden später folgte ihm Bruder Pankratius. Schließlich schlug sogar dem einst so weinseligen Bruder Hieronymus das letzte Stündlein. Mit einem wehmütigen Lächeln auf seinen schimmeligen Lippen hauchte er seine Seele aus.
Die schlimmen Geschehnisse sprachen sich natürlich sehr schnell bis zum Kurfürsten herum, der sofort befahl, die Leichen untersuchen zu lassen, damit man Hinweise über die merkwürdige Seuche, die vordem am Rhein noch nicht aufgetaucht war, finden würde.
Zwei Tage später erhielt der Kurfürst ein Schreiben des Abtes mit folgendem Inhalt:
»Ew. Kurfürstlichen Gnaden verstattet sich der submis-

sest Unterfertigte auf höchstdero wohlberechtigte Quaestiones wie folgt zu berichten. In Zunftkreisen, so mit Wein zu schaffen haben, ist männiglich bekannt, daß in einem Faß, welches nicht spundvoll, sondern nur zum Teil angefüllt ist, der Wein sich mit einem grünlichen Schimmel überzieht, so man hierzuland mit Pant oder Kahm bezeichnet. Sotaner Pant ist ein wahres Teufelskraut, sintemal er heimlich inwendig über das ganze Faß wächst und Wein und Gebinde zu Schanden bringt. Er hat auch seine Krallen in unsre frommen Brüder geschlagen und sie zu einem jähen Ende gebracht. Gemäß der Ordre Ew. Kurfürstlichen Gnaden haben wir heute den Corpus des in Gott dahingeschiedenen Bruders Hieronymus geöffnet und fanden mit Schrecken, daß sein leiblich Behältnis, sintemal und alldieweil es täglich nur ein einzig Schöpplein zu sich nehmen durfte und aus sotanem Grund dem Fasse glich, das nicht spundvoll ist, mit dichtem Schimmel bedeckt war, der zum Schlund hinauf bis auf die Lippen wucherte, also daß der arme pantige Bruder daran grausam erstickt ist. Woraus zu folgern ist, daß auch die tugendsamen Fratres Wendelin, Hyazinth und Pankratius am gleichen Pant verblichen sind und daß diese Gottesstätte bald verwaist sein wird.
Ew. Kurfürstliche Gnaden mögen nun in Weisheit ermessen, welcher Gestalt unserem armen Kloster zu helfen ist – womit ich in Ehrfurcht verharre. Ew. Kurfürstliches Gnaden gerhorsamster

P. Gregorius, Guardian.«

Schon am nächsten Morgen traf eine kurfürstliche Botschaft ein, mit der das Verbot aufgehoben und den tugendsamen Brüdern gestattet wurde, den Kampf gegen das Teufelskraut Pant aufs Neue aufzunehmen.

Wie man sich doch täuschen kann

In vino veritas
(Im Wein liegt Wahrheit)
Alkäus

Gekühlter Eiswein

Zwecks Verkaufsförderung begibt sich der deutsche Wein mit seinen Werbeorganisationen immer wieder in »Wein-Entwicklungsgebiete« wie etwa die Stadt Essen. Dort passierte es, daß ein Kunde an einem Weinstand edle Kreszenzen auswählte. Sogar einen Eiswein leistete er sich – und stellte die »fachkundige« Frage: »Wie lange legt man den ins Gefrierfach, bis er gefroren ist?«

Zwei Würfel

Der gönnerhafte Weinkenner hat einen Freund zu Besuch, dem er etwas Besonderes kredenzen will. »Möchtest Du einmal einen Eiswein probieren?«
»Aber gern«, lautet die Antwort. »Doch bitte nur zwei Würfel.«

Spanischer Rotwein in Trier

Es war bei den »Festlichen Tagen des Weines« in der moselanischen Metropole Trier. Der Autor saß mit einem Weinfreund zu Tische und plauderte. Dabei wurde ihm berichtet, daß vor einigen Jahren in Trier eine spanische Rotweinsorte angebaut worden sei. Mit fester Überzeugung blieb der Weinfreund bei seiner Behauptung, als leise Zweifel angemeldet wurden.
Nun, man ließ dem Manne, der aus Westfalen stammte, seinen Willen. Aber insgeheim kam dem Schreiber dieser Zeilen die Sache doch etwas spanisch vor.

Was den rastlosen Geist in Bewegung setzte. Der konnte seinem Herrn bald darauf eine Lösung präsentieren. Das Ergebnis wurde durch eine Befragung des zuständigen Weingutsbesitzers noch abgesichert. Und siehe da, zumindest vom Geographischen her lag der Mann gar nicht so falsch.
Bei der Sorte handelte es sich um einen – Portugieser.

Brennwert

»Ein Blödsinn steht manchmal auf den Weinetiketten«, wettert der Schorsch. »Da hab ich mir neulich eine Flasche Diabetikerwein gekauft. Und was les ich da unter anderem: Brennwert?!«
»Das ist doch ganz einfach«, sagt der Karl. »Die Winzer sind eben vorausschauend. Der Brennwert ist deshalb angegeben, weil der Wein bald billiger als Heizöl sein wird!«

Der Preis

»Was kostet dieser Wein?« fragt die hübsche junge Dame den Inhaber einer Weinhandlung. Dem gefällt die Kundin und er meint: »Pro Flasche einen Kuß!«
»Dann nehm ich sechs Flaschen«, lautet die selbstsichere Bestellung.
Der Weinhändler packt sechs Flaschen ein, überreicht sie und meint mit gespitzten Lippen: »Jetzt dürfen Sie bezahlen.«
»Moment«, sagt die Kundin. »Die Großmutter bezahlt die Rechnung . . .«

Ein Glas bitte?

Ein rheinhessischer Weinfreund geht erstmals nach Frankfurt in die Oper. Und weil er nicht weiß, ob er dort etwas zu trinken bekommt, schiebt er sich vorsorglich ein Fläschchen Wein unter die Anzugjacke.

»Wollen Sie ein Glas?« fragt ihn vorsorglich der Logendiener, als er den Rheinhessen auf seinen Platz geleitet.
»Nein«, sagt dieser ganz überrascht. »Ich kann auch aus der Flasche trinken.«

Unglaubwürdig

Wenn einer nach diversen Eskapaden gelegentlich mal flunkert, wird ihm die Wahrheit nicht mehr abgenommen. So jedenfalls erging es dem Bürgermeister eines Moseldorfes nahe dem NATO-Flugplatz Bitburg.
Seine Tochter hatte einen amerikanischen Piloten geheiratet. Der Schwiegerpapa stellte sich gut mit dem Schwiegersohn, vor allem, weil er halt mal mit einer der schnellen Maschinen mitfliegen wollte, was ihm der Amerikaner auch versprach. Eines Tages war es soweit. Es war schon spät in der Nacht, als der Pilot den Herrn Bürgermeister vom Stammtisch abholte und meinte, daß heute eine günstige Gelegenheit sei.
Mit einem Kurierflugzeug rasten sie in den nächtlichen Himmel gen Norden. Am Zielflugplatz in Norwegen landete man, der Pilot regelte kurz seine dienstlichen Angelegenheiten, die Maschine wurde wieder startklar gemacht, und man hatte gerade noch Zeit, im Kasino eine Tasse Kaffee zu trinken.
Als der Bürgermeister am nächsten Morgen wahrheitsgemäß seiner Frau berichtete: »Heute nacht habe ich in Norwegen eine Tasse Kaffee getrunken«, bekam er nur zu hören: »So besoffen warst Du lange nicht mehr!«

Verrückt

Ein später bekannter Maler lebte in seiner Jugend ziemlich ärmlich. Andererseits aber konnte er seinen Pinsel erst dann in die Hand nehmen, wenn eine Flasche Wein neben seiner Staffelei stand. Als er wieder einmal ein neues Gemälde beginnen wollte, bat er seinen Freund:

»Lauf doch bitte zum Kaufmann und hol eine Flasche Wein.«
Der Freund hielt die Hand auf. »Wie steht's mit dem Geld? Ich bin auch pleite!«
»Was soll's«, meinte der Künstler großspurig. »Für Geld kann auch ein Verrückter Wein holen!«
Nach kurzer Zeit kam der Freund zurück, in einer Hand eine leere Weinflasche.
»Was ist denn das?« fragte der Maler ärgerlich.
»Aber mein Lieber. Aus einer vollen Flasche kann sogar ein Verrückter trinken . . .«

Befehl

In einem Weinlokal in München sitzt ein Mann am Tisch und heult bitterlich.
Ein Gast hat Mitleid, gesellt sich zu ihm, klopft ihm beruhigend auf die Schulter. »Es wird schon wieder werden. Warum weinen Sie denn gar so gotterbärmlich?«
»Weil ich aus Südtirol bin.«
»Das versteh ich nicht . . .«
»Na, dann lesen Sie mal, was auf der Karte steht: Südtiroler Weine . . .«

Der eine Pfennig

Er und sie stehen im Supermarkt vor dem Weinregal. Fragt sie: »Welchen sollen wir nehmen, den 79er oder den 80er?«
»Nimm den 80er, der eine Pfennig spielt auch keine Rolle.«

Kontra

Im Theater von Szeged wurde »Don Juan« gespielt. Vor der Vorstellung betrat der für seine Schrullen bekannte Darsteller des Titelhelden das Büro des Direktors: »Neh-

men Sie bitte zur Kenntnis, Herr Direktor, daß ich nur dann spielen werde, wenn Sie bei meiner großen Szene echten fünfbuttigen Tokajer auf die Bühne schicken lassen.«
»In Ordnung«, stimmte der Direktor sofort zu. »Vergessen Sie aber nicht, daß morgen ›Kabale und Liebe‹ gegeben wird.«
»Na und?« sah ihn der Schauspieler verständnislos an.
»In der Schlußszene werden Sie selbstverständlich einen Becher mit echtem Gift erhalten.«

Pech gehabt

Ein alter Mainzer Weingenießer kommt in den Himmel und langweilt sich fürchterlich. Manna ist die einzige Nahrung. Und das Hosianna-Singen macht dem lebensfrohen Herrn auch keinen Spaß. Eines Tages überfliegt er die Hölle und sieht dort mit verwunderten Augen, wie Sünder mit hübschen Winzerstöchterlein den Reigen drehen und eifrig dem Wein zusprechen.
Er geht sofort zu Petrus und erklärt seinen Verzicht auf das himmlische Heim. Dann zieht er um in die Hölle.
Luzifer schickt ihn sofort ins ewige Fegefeuer. Der Mainzer legt Protest ein: »Ich habe von oben was anderes gesehen!«
»Du hast Pech gehabt«, meint der Teufel, »wahrscheinlich bist Du über unsere Werbeabteilung geflogen.«

Heitere Arbeit im Weinberg

Der Weinstock trägt drei Trauben:
Die erste bringt die Wollust,
die zweite den Rausch,
die dritte das Verbrechen.

Epiktet

Tauschangebot

Ein Professor läßt sich beim Spaziergang im Weinberg in ein Gespräch mit einem Weingärtner ein, der gerade mit einer vollgeladenen Bütte auf dem Rücken den Berg herabkeucht. Natürlich läßt sich der Winzer über seine harte Arbeit aus. Der Professor versucht ihn zu trösten und weist darauf hin, daß der Aufenthalt in der freien Natur schließlich auch gesund sei im Vergleich zu seinem Studierzimmer oder den Kollegsälen.
Das akzeptiert der Winzer nicht: »Ha no, Herr Professor, wenn Sie meinen, daß ich's besser hab, dann tragen Sie halt mein Scheiß den Berg rauf und runter. Und ich trag Ihr'n Scheiß dem Kolleg vor.«

Schwäbische Höflichkeit

In den Wochen vor und während der Weinlese ist das Betreten der Weinberge für Unbefugte verboten. Natürlich gibt es immer wieder Leute, die über Verbotsschilder hinwegsehen, etwa ein durchgeistigter Professor, der eines Tages gedankenschwer plötzlich mitten im Weinberg auf einen Winzer stieß, einen nicht wortfaulen aus dem Württembergischen.
»Machscht, daß D' aus mei'm Wengert rauskommscht, Du Siach, Du verfluachter, oder i schlag Dr d'Läuf a', daß D' uf de Stompe hoimkrattle muascht, Du waehtageter Waehtag, Du Herrgottsakrament, Dir henk i's Kreuz

aus, no koascht Dein Arsch en dr Schleng hoimtrage! Di schlag i oagschpitzt en Grond ond Bode nei, daß De onser Herrgott mit dr Beißzang wieder rausziage muaß.«
Natürlich ist der Professor ob dieser Drohungen völlig verdattert: »Entschuldigen Sie, aber ich habe wirklich nicht gewußt, daß man hier nicht gehen darf.«
Darauf der Weingärtner: »Drom han i's z'erscht au em Guete g'sait.«

Hochwasser

Hochwasser ist an der Mosel nichts Ungewöhnliches. Gelegentlich sind auch die Rebstöcke in ungünstigen Flachlagen betroffen. So war es wieder mal im Herbst. Am Abend hatte es mit starken Regengüssen angefangen, und Stunde um Stunde ging es weiter. Schnell standen die ersten Häuser unter Wasser, und die Bewohner flüchteten in den ersten Stock, um von dort aus die Fluten zu beobachten.
Plötzlich sieht die Winzersfrau einen Hut auf dem Wasser treiben, dort wo Müller-Thurgau gepflanzt war. Der Hut schien sich gegen die Flut zu stemmen, schwamm in einer geraden Linie vorwärts, rückwärts, wieder vorwärts.
Die Weinbäuerin macht ihren Mann auf dieses Naturphänomen aufmerksam. »Ich weiß schon, was das ist«, meint der. »Unser Großvater hat gestern gesagt, morgen fang ich mit der Lese an, egal, wie das Wetter ist!«

Gottes Hilfe

Es war während der Weinlese im verregneten Oktober 1981. Über Nacht hatte man die Kübel und Butten im Freien stehengelassen. Am anderen Morgen hatte sich natürlich etwas Wasser in den Behältern gesammelt.
»Sollen wir das ausleeren?« fragten die Helfer den Winzer.
»Nein, nicht nötig. Was Gott getan hat, ist wohlgetan!«

Galgenhumor

Am Morgen war's noch trocken gewesen, an einem Tag im verregneten Herbst 1981. Winzer Klaus Keßler aus Martinsthal im Rheingau hatte sein Lesepersonal in die Weinberge geschickt. Als er eine Stunde später nachkam, goß es bereits in Strömen.
Da blieb Keßler nur noch Galgenhumor. »Warum singt Ihr denn nicht Halleluja?« rief er seinen Leuten zu. »Bei dem Segen von oben ...«

Irrtum

Zwei englische Soldaten waren erstmals bei der Weinlese an der Mosel dabei. Von ihrer Arbeit hatten sie weniger als keine Ahnung. Damit sie sich nicht in die Finger schnitten, wurden sie mit der kraftfordernden Aufgabe des Buttenträgers betraut. Schnell war die erste Butte randvoll, und der erste Engländer wankte mit ihr auf dem Rücken den steilen Hang hinunter. Plötzlich geriet er ins Stolpern, was durch das Gewicht auf seinem Rücken zu einem ausgewachsenen Sturz führte, bei dem alle Trauben auf dem Boden inmitten des Weinberges landeten.
Das war dem Engländer natürlich furchtbar peinlich, so ein Malheur gleich beim Leseauftakt. Also tat er so, als sei nichts gewesen, eilte den Berg hinan, um sich die Butte aufs Neue volladen zu lassen. Währenddessen marschierte der Kollege talwärts.
Er sah die Trauben zwischen den Rebstöcken liegen, stutzte, dachte sich »der Kollege wird's schon wissen« – und lud auch seine Butte aus ...

Leseeifer

Weil das Lesepersonal knapp ist, kommen schlaue Weingutsbesitzer gelegentlich darauf, Leute von der schreibenden Zunft zur Lese einzuladen, damit sie – so die scheinheilige Formulierung – einmal hautnah miterleben können, wie schwierig die Arbeit im Weinberg ist, über die sie ansonsten nur schreiben.

Der Autor war auch einmal bei einer solchen Pflichtübung dabei. Bitter kalt war's im November. Um neun Uhr morgens kreiste bereits der Becher, und wir überprüften, ob die scharfe Schere noch einige Finger übriggelassen hatte. Nur einer unter uns lachte zu diesem Zeitpunkt: Das war unser Buttenträger, der in der Anfangsphase nicht sehr viel zu tun hatte, da wir den Trauben weniger weh taten als uns.

Dann machte »Büttje« einen verhängnisvollen Fehler. Er berichtete uns nämlich, daß er von den hauptamtlichen Lesern erfahren hätte, daß sein Job ein besonderer sei, daß er in der Rangordnung über uns stünde und Befehlsgewalt habe.

Das ließ sich keiner zweimal sagen. Plötzlich entfalteten wir einen fieberhaften Eifer und luden Butte um Butte voll, die unser »Vorgesetzter« dann den Berg hinabschleppen durfte.

Von dem Muskelkater wird er noch seinen Enkelkindern erzählen.

Übergewichtige Großmäuler

Es gibt gelegentlich Lesehelfer – besonders solche, die die Arbeit vorher noch nicht gemacht haben – mit hohen Meinungen von sich selbst. Da werden große Töne gespuckt, wie leicht die Arbeit sei und daß das Buttentragen ein Kinderspiel wäre. Gegen solche Großmäuler hat man ein probates Mittel, das ein Moselwinzer ausplauderte.

Man läßt die Burschen zunächst einmal zwei oder drei Butten tragen, in die nicht allzuviele Beeren geschüttet wurden. Wenn sie dann so recht von der Leichtigkeit ihrer Arbeit überzeugt sind, wird voll gefüllt, die Traubenmasse angedrückt, nochmal nachgefüllt und wieder angedrückt. Dann sind die Trauben fest in die Butte gepreßt.

Im Gewicht ist kein großer Unterschied zu spüren. Aber wenn der Träger die Butte, wie sich's gehört, über den Kopf mit einem Schwung ausleeren will, kommt nichts – außer dem Übergewicht, daß er durch den eigenen Schwung und die schwere Butte bekommt.
Somit landen Träger und Butte gemeinsam im Traubenwagen – ein schöner Anblick. Und ein Erlebnis, das viele Großmäuler kuriert.

Winzertrick

Bei der Lese wird immer wieder Personal eingesetzt, das sich nicht sonderlich gut auskennt. Das sollen sich an der Mosel schon einige Winzer zunutze gemacht haben.
An manchen Steillagen stehen die Wagen der verschiedenen Winzer schön in Reih und Glied an der Straße. Da ja die Winzer selbst meist mit im Berg sind, wissen die »Lese-Säuglinge« oft nur ungefähr, welcher Wagen der ihres Weinbauern ist.
Wenn der Herr Nachbar dann unten wartet, ist der Butenträger schnell umdirigiert . . .

Unkraut

»Geh doch mal in den Weinberg und hack etwas Unkraut raus«, sagte der Moselwinzer eines schönen Sommertages zu einem Gehilfen aus dem hohen deutschen Norden, der seit einigen Tagen in seinem Betrieb Winzerluft schnupperte.
Der Gehilfe machte sich auf und kam am Abend ganz geschafft zurück. »Das war aber eine harte Arbeit«, stöhnte er. »Das Grünzeug ging ja recht leicht raus. Aber die dicken Holzhecken stecken ganz schön weit im Boden drin!«

Lesehelfer

Ein Rheingauer Winzer hatte einen Sohn, der in der Schule – und auch sonst – nicht eben der Hellste war. Eines Tages im Herbst standen Vater und Sohn gemeinsam zwischen den Rebstöcken bei der Arbeit. Einige Reihen weiter werkelte der Lehrer in seinem Wingert und fühlte sich bemüßigt, den Vater mal wieder auf die mangelhaften Schulleistungen seines Sprößlings aufmerksam zu machen: »Euer Bub kann aber schlecht lesen«, rügte er.

Der Vater drauf: »Dann muß er halt die Butt tragen!«

Novemberlese

Novemberlese an der Mosel. Über Nacht ist's kalt geworden. Aber der alte Winzer schmunzelt: »Das ist ein Wetter für meine Buben. Entweder sie schaffen oder sie frieren!«

Geschichten von »verdächtigen« Weinen

Die Wahrheit ist im Wein;
das heißt: In unseren Tagen
muß einer betrunken sein,
um Lust zu haben, die Wahrheit zu sagen.
Friedrich Rückert

Keine Freude

»Ich möcht heut' so richtig lustig sein«, rief Hans Moser dem Kellner zu. »Bringen's mir an Wein, der Freude macht!«
Der Ober eilte fort, um den berühmten Schauspieler perfekt zu bedienen. Kurz darauf kam er wieder, stolz eine Flasche in der Hand haltend: »Dieser Wein wird Ihnen Freude bereiten.«
Hans Moser, der routinierte Weintrinker, kostete und meinte dann: »Ich glaub, Sie bringen mir doch besser was Lustiges zum Lesen . . .«

Wieviel gibt's?

Zwei Winzer (aus welchem Anbaugebiet, wird nicht verraten), saßen einmal zum Fachgespräch (mit Wein) beisammen.
Nach zwei Proben fragte der eine den Kollegen: »Was meinst, was ich für die Weine kriege?«
»Na ja, dafür kriegst einiges . . .«
»Kannst Du das nicht genauer sagen!«
»Für den ersten, da kriegst 4 Mark für die Flasche. Aber für den zweiten mindestens drei Monate . . .«

Einspruch

Es war bei einem der zahlreichen Flüssigzuckerprozesse, die in letzter Zeit die deutschen Weinlande erschütterten. Ein Winzer konnte wegen dringender Geschäfte nicht vor Gericht erscheinen und überließ die ganze Last der Verantwortung seinem Anwalt. Der sollte ihn auch über den Ausgang des Prozesses informieren.
Der Anwalt schlug sich gut und kabelte nach der Verhandlung: »Die gerechte Sache hat gesiegt.«
Telegramm-Antwort des Weinbauern: »Sofort Berufung einlegen.«

Strafe muß sein

Heute werden Weinpanscher meist unter Ausschluß der Öffentlichkeit verurteilt und nur mit einer Geldstrafe bedacht. Früher ging man mit den Weinfälschern strenger um. Neben drastischen Strafen wurde auch der ganze Wein ausgeschüttet – selbst wenn er genießbar war.
Vor diesem Hintergrund spielte sich einst ein kleiner Dialog in der Pfalz ab. Ein Winzer traf einen Weinhändler und fragte ihn: »Na, was macht denn Ihr Wein?«
»Der hat's gut«, lautete die Antwort. »Ihn haben sie laufen lassen, mich hatten sie eingesperrt.«

Talentierter Lehrling

»Also einen talentierten Lehrling hab ich jetzt«, schwärmt ein Winzer dem anderen vor. »Der Bursche ist kaum ein halbes Jahr bei mir und macht schon eine bessere Spätlese als unser alter Kellermeister!«

Wein?

»Na, meine Liebste, was sagen Sie zu diesem Wein«, meint der Weinverkäufer selbstbewußt zur Kundin.

»Hm, ja ... ein bißchen Öl dran und dann einen frischen Salat hinein – ich muß sagen, dann schmeckt er bestimmt nicht schlecht!«

Moselfischchen

Boshafte Gemüter spotten, daß die Mosel in den Vogesen entspringt, durch Frankreich, Luxemburg und Trier fließt und schließlich in Neef auf Flaschen abgefüllt wird (wobei man mit dem Ort flexibel ist).
Jedenfalls gab es einst in Neef einen ortsbekannten Spaßvogel namens Alfons, der vor einer Weinprobe, als er kurz mal allein im Raume war, in sämtliche bereits geöffnete Flaschen schnell einige kleine Fischchen und Kaulquappen fallen ließ.
Das gab natürlich bei der Probe eine Überraschung. Und Alfons konnte den Winzern vorhalten, daß es offenbar zutreffe, was im eingangs erwähnten Spruch behauptet wird ...
Man soll ihn danach, als er seinen Trick bekanntgab, allerdings fast krankenhausreif geprügelt haben.
Erzählen Sie, liebe Leser, diese Geschichte also bitte nicht unbedingt an der Mosel weiter. So wahr sie ist!

Regensaft?

Im Weinlokal. Der Wirt bringt dem Gast einen Schoppen, sieht dabei gedankenverloren aus dem Fenster und bemerkt: »Das sieht ganz nach Regen aus ...«
Der Gast nimmt einen Schluck und meint dann: »Na ja, ein bißchen Wein ist auch noch dabei.«

Hintersinnig

Ein Frankfurter Weinhändler wurde einmal von einem Kollegen gefragt: »Bei Dir gibt's den Johannisberger so

günstig. Du mußt eine gute Quelle haben. Wo kaufst Du den Wein denn ein?«
Es kam die zweideutige Antwort: »Den Johannisberger kauf ich nicht, den verkauf ich nur.«

Der Spender

Es war eine ganz besondere Geburtstagsfeier. Ein Sechziger und zwei Siebziger begingen gemeinsam ihren »200. Geburtstag«. Natürlich trank man auch ein gutes Glas Wein dazu.
Rein zufällig fand sich ein örtlicher Weinhändler in jenem Kreise ein, einer von der Sorte, denen man manches nachsagte. Als er von dem Geburtstagsjubiläum erfuhr, zog er sogleich die Spendierhosen an. »An so einem Tag«, so trumpfte er auf, »da muß ein besonders guter Wein her, nicht so ein dünner Tropfen, wie er hier getrunken wird! Ich werde mir erlauben, zu Ehren der drei Herren drei Flaschen von meinem Allerbesten aus dem Keller zu holen, damit Ihr endlich mal ordentlichen Wein zu trinken bekommt.«
Das Großmaul verschwindet kurz und kommt dann mit drei Flaschen wieder, noch ehe sich die Geburtstagsgesellschaft richtig fassen konnte. Ablehnen geht jetzt nicht mehr. Also wird eine Flasche entkorkt und reihum ausgeschenkt. Jetzt will der Spender natürlich wissen, wie den Herrschaften sein Wein mundet. Alles schweigt.
»Sagen Sie nicht auch, daß das ein herrlicher Wein ist«, ermuntert der Weinhändler. »Woran denken Sie, wenn Sie einen solch hervorragenden Wein trinken?«
Jetzt rafft sich doch einer auf und sagt kurz und bündig: »Bei dem Wein denk ich an die Hochzeit zu Kana!«

Das Gesetzbuch

Zwei Pfälzer kehrten in ein gemütliches Restaurant ein, bestellten sich zwei Schoppen und kamen so allmählich ins »Dischbediere«. Es handelte sich um irgendeine Rechtsfrage, und da beide waschechte Pfälzer waren, hatten sie natürlich alle beide trotz unterschiedlicher Meinungen auch recht. Schließlich baten sie den Ober um ein Strafgesetzbuch, um ihren Streit schlichten zu können. Der Ober ging, verschwand ein Weilchen und kam dann zurück: »Meine Herren, ich soll mich im Auftrag des Wirtes bei Ihnen entschuldigen. Natürlich nehmen wir den Wein anstandslos zurück.«

Qual der Wahl

Kundschaft beim Rheingauer Winzer. Man fragt nach dem letzten Jahrgang.
»Haben wir natürlich, sind großartige Weinche!« meint der Winzer. »Nur ein Problem. Mit dem Etikettiere' sind wir net fertiggeworde'.«
Sprachs, deutete auf eine Palette von unettikierten Weinflaschen und ein Häufchen verschiedener Etiketten: »Suchen Sie sich bei den Etiketten raus, welchen Wein Sie gern hätten und pappen Sie die Dinger selbst druff!«

Berühmt-berüchtigte Sauerampfer

Wem der Wein nicht schmeckt,
wie soll er den Trunkenen begreifen?
Isolde Kurz

Loch im Magen

Ein Tübinger und ein Reutlinger Weingärtner (sie können natürlich auch aus anderen Ortschaften kommen) streiten sich um die Qualität ihrer Erzeugnisse.
»Sei nor still«, sagt der eine, »Dei Wei' frißt oim a Loch in da Mage.«
Darauf der Kontrahent: »Und d'r Dei ziaht's wieder zemma.«

Schlechtes Jahr?

In einem kleinen Moselweindorf standen zwei Bahnbeamte am Bahnsteig in Erwartung des nächsten Zuges. Der lief ein und ihm entstieg ein Winzer mit einem äußerst häßlichen Gesicht und saurer Miene.
Da meinte einer der beiden Beamten: »Wie kann man nur so häßlich sein?!«
Sein Kollege erwiderte: »Der ist ganz gewiß in einem schlechten Jahrgang auf die Welt gekommen.«

Rosenwein

Es gab (und gibt) nicht nur den berühmt-berüchtigten Grüneberger, sondern auch andere Weine, die zu einer Gefährdung der Innereien führen können.
Ein solcher Tropfen wurde einst dem niederdeutschen Dichter Fritz Reuter (1810 bis 1874) vorgesetzt. Der Wirt hatte eine hohe Meinung von seinem Wein und sprach: »Na, mein Herr, ist der nicht vorzüglich? Ein wirklicher Goldtropfen.«

Reuter verzog das Gesicht und meinte: »Ich würde ihn eher als Rose bezeichnen.«
Der Wirt freute sich über den schmeichelhaften Vergleich – ehe er den Nachsatz zu hören bekam. »Rose nenne ich den Wein deshalb, weil er mir in der Kehle kratzt, als hätte ich eine Dorne verschluckt!«

Der Herrgott und der Seewein

Von der guten alten Zeit ist zumindest eines gewiß: Der Wein war nicht so gut wie die Tröpfchen, die wir heute vorgesetzt bekommen. Vor allem über den Bodenseewein kursierten einst wahre Schauermärchen. So erschien in den sechziger Jahren des 18. Jahrhunderts in den Humoristischen »Fliegenden Blättern« ein ketzerisches Gedicht, das seinerzeit wegen seines »sehr sonderbaren Witzes« (so ein Rezensent) in weinbautreibenden Kreisen viel Anstoß erregte, aber von boshaften Gemütern auch gern weitererzählt wurde. So wie es hier geschehen ist.
Irgendwann einmal soll es Christus samt Petrus auch an den Bodensee verschlagen haben. Hunger und Durst quälte die beiden, doch in Lindau hofften sie auf Erquikkung und ein Dach über dem Kopf. Denkste! Wo sie auch anklopften, wurden sie mit barschen Worten von der Tür gewiesen.
Schließlich kamen sie an ein schon fast verfallenes Haus, wo ihnen ein altes Männchen freundlich die Tür öffnete und sich erbot, sein karges Abendmahl mit ihnen zu teilen.
Der Herr dankte und meinte nach dem Abendessen: »Du warst so freundlich zu uns. Jetzt hast Du einen Wunsch frei.«
Der Alte zweifelte zwar, daß es etwas nützen würde. Aber dennoch meinte er: »Ich hätt' gern ein kleines Gärtchen rund ums Haus. Und ein kleines Feld dazu.«
»Das geht in Ordnung«, meinte der Herr, drückte ihm feierlich die Hand und legte sich schlafen.

Als der Alte am nächsten Morgen erwachte, waren seine Gäste schon verschwunden. Dafür aber entdeckte er plötzlich vor der Tür einen üppigen Garten mit vielen Früchten, daneben ein großes Feld mit einem regelrechten Halmenmeer. Freudestrahlend stürzte er in die Stadt und berichtete überall, wie ihm geschehen war.
Jetzt merkten auch all die bösen Menschen, wen sie am Tag vorher von der Tür gewiesen hatten. Natürlich versuchte man zu retten, was noch zu retten war und schickte Christus und Petrus eine Delegation nach, die wortreich ihr Bedauern ausdrückte. Der Herr hörte sich die Entschuldigungen ruhig an, nickte gönnerhaft und ließ durchblicken, daß nunmehr die Lindauer einen Wunsch freihätten. »In unserem Lande gedeiht das beste Obst, hervorragendes Gemüse und Getreide. Nur eines haben wir nicht, die Reben«, wurde ausgeführt. »Oh, wenn Ihr es doch möglich machen könntet, daß bei uns Wein wächst!«
»Geht hin«, sprach Christus. »Der Wunsch sei Euch gewährt!«
Daraufhin setzten sie die Wanderung fort. Petrus, der alles schweigend mit angehört hatte, äußerte Mißfallen. »Die Kerle sind's doch nicht wert. Nicht einer ließ uns gestern ein, und dafür gibst Du ihnen Wein?!«
Der Meister lächelte: »Der Wein, mein lieber Petrus, ist danach!«

Sauerampfer

Es wachsen, darüber kann auch all die Süßreserve nicht hinwegtäuschen, in Deutschland gelegentlich saure Weine. Vom nachstehenden Brauch erzählt man sowohl am Bodensee als auch in den nördlicheren Anbaugebieten, wobei es manchmal um den Riesling und manchmal um den Elbling geht.
Wie dem auch sei, wenn ein wackerer Zecher von einem solchen Sauerampfer mindestens sechs Schoppen getrun-

ken hat, dann muß er seiner Frau (oder sonst jemand) Direktiven geben, die da lauten: »Dreh mich öfter in der Nacht um, damit mir die Säure nicht durch zu lange Einwirkung die Magenwand durchbrennt!«

Berliner Wein-Karte

In Berlin wächst wieder Wein. Auf einigen hundert Quadratmetern. Früher, im 17. Jahrhundert, war die Stadt an der Spree eine beachtliche Weinstadt, wenngleich der Wein wohl nicht von sonderlicher Güte war. Aber die Berliner in jener Zeit waren verwegene Leute, sie tranken sogar den berühmten »Grüneberger« aus der heute polnischen Gegend rund um die Stadt Zielona Gora. »Den mußte in de Strümpe jießen, der zieht de Lecher zu!« urteilten die Berliner Hausfrauen wissend über den Sauerampfer, der im 19. Jahrhundert noch auf rund 800 Hektar angebaut wurde.

Adolf Glassbrenner (1810 bis 1876), ein bekannter Berliner Satiriker und Schriftsteller, hat diese Art Wein einmal sehr humorvoll differenziert:

1. *Fahnen-Wein.* Wenn man een eenziges Achtel über de Fahne jießt, so zieht sich det janze Rejement zusammen.
2. *Schul-Wein.* Diese Droppen sind ein sicheres Mittel, die nich wißbejierjen Kinderkens in de Schule zu jagen, indem man ihnen die Alternatiefe stellt, entweder ihre Pflicht zu dhun, oder zu drinken.
3. *Drei-Männer-Wein.* Wenn diesen, in der herrlichen Jegend bei Brandenburg jewonnenen Traubensaft een Mann jenießen soll, so müssen ihm zwee andere halten.
4. *Masken-Wein.* Diese intressante Feuchtigkeit, welche aus den Weinberjen Hinterpommerns entspringt, ist jut zu benutzen, bevor man in'n Winter uf de Redoute jeht, indem man solche Jesichter schneid't, daß einen keen Mensch erkennen kann, selbst keen Polizeizerjant.
5. *Wende-Wein.* Schmeckt äußerst pikant, muß jedoch

sehr vorsichtig, und besonders nich vor den Schlafenjehn jenommen werden, da er sich, wendet man sich nich alle zehn Minuten im Bette um, *durchfrißt*, was sehr störend is.

6. *Telegraphen-Wein.* Wenn man von diesen Labetrank einen Droppen uf des Pflaster der Dorotheenstraße jießt, so schlägt der Berliner Telejraph die Hände über'n Kopp zusammen, und drückt die Worte: »Jott, wie wird mich!« bis Cöln aus, von wo aus wieder eine ähnliche nützliche Nachricht kommt.
7. *Gubener Studir-Wein.* Dieses Jetränk wird wenijer für de Kehle, als für die Wissenschaft benutzt. Will man sich vor einer nothwendijen Arbeit, zum Beispiel vor's Examen, nich durch Verjnüjungen ablocken lassen, sondern ochsen, damit man später en juter Beamter wird, so tröppelt man eenen Eßlöffel von die Sorte uf seinen Arbeitsstuhl und setzt sich oojenblicklich nieder. Man klebt uf acht bis neun Dage fest, und es is mit Jefahr und anderen Unnannehmlichkeiten verbunden, sich loszureißen.
8. *Criminal-Wein.* Wenn man zwölf Flaschen dieser moralischen Sorte in ein Jefängnis legt, so jestehen am Dage sämmtliche Verbrecher. Auch die Demajogen jestehen.
9. *Literatur-Wein.* Von dieses auf der Jrüneberjer Schattenseite jewonnene Traubenblut drinkt man Morjens und Abends ein Achtel. Er besitzt eine so merkwürdige feine Säure, deß man nach seinen rejelmäßijen Jenuß sogar die Werke des Königs Ludewig von Baiern für poetisch hält.
10. *Frommer gemischter Bocksbeutel.* Dieser Wein hat eine so berauschende Kraft, daß man nach den Jenuß eines Spitzjlases vor Verzweiflung hin und her looft, sich überjibt, Kreuzritter und Jesuit wird.
11. *Meißner Versöhnungs-Wein.* Wenn man ein Jlas dieses Jetränks auf die Akten eines Prozesses jießt, so ziehen diese zwar die Flüssigkeit ooch nach sich, aber die Partheien versöhnen sich oojenblicklich.

12. *Brandenburger Octroyirungs-Wein.* Diese Sorte, die einen teuflischen Jeschmack hat, is von so jefährlicher Wirkung, deß man nach wenije Droppen schon *zufrieden* wird, sich *überjibt* un – nach Erfurt wählt.

Grüneberger – schlimmer als der Satan

Nicht nur der vorher erwähnte Satiriker Glassbrenner hat kritisch durch sein »Brennglasl« auf den Grüneberger geschaut. Auch der Berliner Weinhändler Louis Drucker, bekannt für seine überzeugenden Sprüche (»Zum Wohle der durstenden Menschheit eröffne ich eine Weinhandlung«), befaßte sich mit diesem Wein. Nach seiner köstlichen Schilderung ist eine Begegnung mit dem Satan im Vergleich eine relativ harmlose Angelegenheit . . .:

Die Stadt Grüneberg, Verehrungswürdige! ist, wie Sie alle wissen werden, auch eine schöne Gegend. Sie hat so und soviel Einwohner, vielleicht noch einige mehr, und zwar sehr liebe und gute Menschen. Sie sind durchaus nicht daran schuld, daß in ihrer Gegend Wein wächst; das ist ein Schicksal, dem sie sich geduldig fügen müssen, denn als der liebe Gott die Ufer des Rheines bekränzte und der Champagne ihre goldenen Trauben schenkte, da lachte die personifizierte Ironie, Seine infernalische Hoheit der Teufel, und lachte höhnisch, und pflügte in einer wilden Nacht die Gegend um Grüneberg, und legte einen Samen in die Erde, der Verderben über alle menschlichen Geschmacksnerven bringt. Die Wirkungen des Grüneberger Traubenblutes sind furchtbar, und es ist ein moralisches Verdienst, dieselben bekannt zu machen, damit unsere Nachkommen lieber ihre Kehlen mit Wasser, sage mit Wasser, benetzen, als mit jener Weinpersiflage, die kein Erbarmen kennt, sondern ihre Spuren durch Mord und Zerstörung alles Heiligen bezeichnen.

Ich bin kein Säufer, aber ich liebe den Wein; ich bin keine feige Memme, aber ich fliehe den Grüneberger. Ich bin ein Mann, der dem Satan in die Augen sieht, aber er

komme als offener Feind, nicht als Grüneberger, versteckt unter Rhein- und Moselwein zu mir, wenn ich durstig bin. Da unterliege ich – gegen solche Waffen kann ein schwacher Mann nicht kämpfen. Neulich – es war am 5. Mai 1838, ich werde diesen Tag nie vergessen, hatte ich die Kaiserstraße zurückgelegt, war glücklich über ihr Pflaster fortgekommen – bedurfte aber der Erholung, d. h.: mich durstete. Ich stehe also vor einem Hause still, auf dessen einem Fenster mit goldenen Buchstaben das Wort »Weinstube« zu lesen war. Ich kann nämlich lesen, und mein Dirigent Hirsch auch, wiewohl sonst die Hirsche nicht lesen können, aber das bleibt sich gleich. Nichts Böses ahnend also, trete ich hinein, ohne das größere Schild oder vielmehr die Warnungstafel: »Grüneberger Weinhandlung« bemerkt zu haben. Ich fordere mir einen Schoppen, ich bekomme ihn. Ich frage: »Was kostet dieser Schoppen?« Sie antworten mir: »Vier Silbergroschen.« Ich erschrecke und sehe mich befremdet um. »Vier Silbergroschen?« wiederhole ich bestürzt, und schon dämmert eine gräßliche Ahnung in meiner Seele auf. »Vier Silbergroschen? Oh, Sie irren sich wohl?«
Ich hätte in diesem Augenblicke einen Taler darum gegeben, wenn man mindestens fünfzehn Silbergroschen gefordert hätte.
Aber dem Kellner schwebte ein Geständnis um seine Lippen. »Nein«, sagte er gemütlich, »ich irre mir nicht. Dieses ist der Preis vor diese Sorte Jrüneberger.«
Es war heraus, das Wort; ich wurde blaß wie zwei Leichen. Der Kellner dagegen tat, als ob gar nichts vorgefallen wäre, und ließ mich, von Gott und der ganzen Welt verlassen, mit meinem Schmerze allein.
Mit Kennermiene prüfte ich: Es war echter Grüneberger. Ich hoffte noch immer, daß vielleicht ein kleiner Betrug vor sich gegangen wäre, aber nein, er blieb echt, der Grüneberger, die Flasche winselte und bebte. Endlich, nachdem ich dem Himmel meine Seele empfohlen, schenke ich ein, schlage drei Kreuze vor dem Becher, ergreife ihn,

setze ihn an den Mund und setze ihn wieder auf den Tisch. Endlich nehme ich ihn noch einmal in die Hand, nämlich den Becher, den Grüneberger, halte ihn an die Nase, rieche die Blume und stelle ihn noch einmal auf den Tisch. Endlich aber denke ich: Drucker, sei keine feige Memme, nehme zum dritten Male den Becher, sehe mir den Wein an, stürze ihn hinunter.
Zuerst war mir, als ob mich der Schlag rühren sollte, solch ein Blitz fuhr mir durch alle Glieder, dann saß ich unbeweglich wie der Ritter Toggenburg, die Augen starr vor mich hingeheftet.
Mit einem Male regt sich mein rechter Fuß, hebt sich hoch – und fällt wieder nieder; der linke Fuß macht es ihm nach, und eben, als ich erstaune und außer mir werden will, geht mein rechter Arm in die Höhe, streckt sich nach der Decke des Zimmers, und fällt dann herunter. Der linke Arm, nicht faul, ihm nach, und so sitze ich Unglücklicher da, wie eine Mühle, getrieben von den Fluten eines satanischen Krätzers.
Ich will an meine Familie zu Hause denken, aber mit einem Male merke ich, daß ich in die Quere denke.
Ich will aufstehen, aber ich bin wie angenagelt auf dem Stuhle.
Endlich reiße ich mich los und will gehen, aber ich gehe rückwärts mit eingebogenen Knien wie ein Klapperstorch.
Ich will schreien, aber ich habe die Maulsperre.
Ich will noch ein Glas trinken, um mich nach dem homöopathischen Grundsatze zu kurieren, aber die Flasche war weg, und hüpfte in der Stube wie ein kleiner Kobold umher.

So stand ich fünf volle Stunden, bis mir ein Gast ein Glas echten Champagner in den Mund goß, der mich augenblicklich wieder herstellte.
Wenn Ihnen von diesem Champagner gefällig ist, meine Herren, so steht mein ganzer Keller zu Diensten. Die

Flasche kostet im Abonnement zwei Taler incl. Pfropfen; später tritt der erhöhte Ladenpreis ein, Knall und Schaum gratis; Kinder unter zehn Jahren bezahlen die Hälfte.

Teuflischer Seewein

Man hatte in vergangenen Zeiten keine sonderlich hohe Meinung über den Bodenseewein. So gibt es eine Geschichte, die um das Jahr 1340 spielt. Drei junge Ritter wollten auf die an einem der steilsten Vorsprünge des Pfänders thronende Ruggburg reiten, um dort eine schöne Ritterstochter zu freien.

Am Fuß des Pfänders wurde ihnen der Weg versperrt. Es sei unmöglich, den steilen Pfad hinaufzureiten, bedeutete man dem Rittertrio.

Sie sahen unerschrocken hoch hinauf zur Burg. »Ist noch nie jemand geradewegs hinaufgeritten?« fragte einer.

»Allerdings, einmal«, meinte der Wegwächter. »Vor langen Jahren traf sich einmal der Teufel mit dem Burgpfaffen. Sie tranken Brüderschaft mit echtem Seewein. Als ihnen dieser so recht in Leib und Seele brannte, beschlossen sie, den Felspfad hinaufzureiten. Sie kamen hinauf. Aber wie, weiß kein Mensch. Seitdem nennt man den Weg die Teufelssteige. Und damit der Ritt nicht nochmals probiert wird, ist der Weg versperrt!«

»So gebt uns auch eine Kanne von Eurem Seewein, dann reiten wir hinauf«, rief ein mutiger Ritter in tollem Übermut. Die Kanne wurde ihnen gereicht. Aber kaum hatten sie den ersten Schluck des sauren Weines getrunken, setzten sie den Becher ab und riefen: »Diese Weinprobe ist zu stark. Mit solchem Seewein kann nur der Teufel reiten ...«

Auch Berlin erzählt Weingeschichten

Es ist ein Glück, ein Berliner zu sein. Es geht ihm die Arbeit so flink wie das Maul, auch ist er beim Essen und Trinken nicht faul.

Nestroy

Abstinenzler

»Emil, noch eenen trinkste doch mit em ollen Freund?!«
»Nee, entschuldige mir. Bin wejen Überfüllung jeschlossen!«

Top-Verkäufer

»Du warst gestern am Stammtisch so betrunken, daß Du das Brandenburger Tor verkauft hast«, rügt der Emil seinen Berliner Freund Egon.
»Darum hab ich soviel Geld in der Brieftasche gefunden«, meint Egon. »Aber welcher Idiot hat mir denn das Brandenburger Tor abgekauft?«
»Ich!«

Diplomat

Friedrich Wilhelm, »Großer Kurfürst« (1640 bis 1688) und Freund des Berliner Weines, ließ es sich nicht nehmen, seinen Gästen eine Probe des doch als etwas fragwürdig geltenden »Spreeweines« zu kredenzen.
Der Sondergesandte des Königs Ludwigs XIV. meinte dazu: »Halten zu Gnaden, Kurfürstliche Durchlaucht, einen Wein von dieser Güte gibt man bei uns den Gefangenen in der Bastille so lange zu trinken, bis sie gestehen, sich gegen das Leben unseres allergnädigsten Königs und Herrn verschworen zu haben!«

Zu Boden geschmettert

Der berühmte Berliner Charakterdarsteller Ludwig Devrient (1784 bis 1832), bekannt für seine Eskapaden im Weinlokal, sank einmal bei einer »Räuber«-Aufführung beim Aufgehen des Vorhanges in völliger Trunkenheit zu Boden. Das Publikum geriet in größte Bestürzung, und auch der König in seiner Loge zeigte sich überrascht.
Der Souffleur, der Devrients Zustand richtig erkannte, flüsterte aus Leibeskräften, bis der Schauspieler wieder zur Besinnung kam – und sofort ins Spiel trat.
Einen Augenblick sah er sich wie erwachend um, erhob sich mühsam, überschlug die Einleitung, deutete auf einen Brief und sagte zu einem starrstehenden Mitspieler: »Nicht wahr, mein Vater, solche Nachricht konnte mich, den Bruder, wohl zu Boden schmettern.«
Das Publikum, das seinen Devrient kannte, spendete ob der schlagfertigen Reaktion stürmischen Beifall. Nur sein Regisseur Weiß hielt ihn fortan vor den Vorstellungen vom Weine fern.

Konsequent

Ludwig Devrient, dem wir das Wort »Sekt« zu verdanken haben und der mit seinem Freund E. T. A. Hoffmann manch fröhliche Zechstunde verbracht hatte, besuchte diesen, als er recht geschwächt darniederlag.
»Bitte Ludwig, bring mir ein Glas Wasser«, stöhnte Hoffmann.
Der Mime wunderte sich nicht schlecht. »Wasser, für Dich??«
E. T. A. Hoffmann lächelte schwach und erklärte: »Ich habe mir geschworen, mich vor dem Sterben mit meinen Feinden auszusöhnen!«

Weinschuld

Ludwig Devrient kehrte jeden Abend in die berühmte Berliner Weinstube »Lutter und Wegner« ein, ohne daran zu denken, zwischendurch die Zeche zu begleichen. Schließlich hatten sich die Schulden so angehäuft, daß sich der Wirt weigerte, ihm weiter Kredit zu geben. Devrient zog die Konsequenzen und war fortan in einer anderen Weinstube zu finden.

Da er aber ein sehr geselliger Mensch war, der andere gut unterhielt, folgten ihm alle seine Stammtischgefährten. Mit Schrecken erkannte Lutter, daß Devrients Auszug seinem Geschäft nicht eben förderlich gewesen war. So besuchte er den Künstler, präsentierte ihm eine recht lange Rechnung und meinte dann, wenn Devrient wieder zu ihm zurückkehre, dann werde er die Hälfte der Rechnung streichen.

»Sehr gut«, erwiderte der Schauspieler. »Aber ich will mich nicht von Ihrem Edelmut übertrumpfen lassen: Ich streiche die andere Hälfte!«

Unsterblichkeit?

Berlin ist eine der führenden Weinstädte der Bundesrepublik (was den Konsum betrifft). Das ist vielleicht auch ein Grund dafür, daß die Spree-Athener richtiggehende Philosophen sein können – so wie jener Urberliner, der einst die »Baumannhöhle« aufsuchte, einen nach dem Küfer Baumann benannten Weinkeller. Manch bekannte Häupter saßen dort und hörten zu, wie ein Philosoph über die »Unsterblichkeit der Seele« plauderte – darunter auch Gotthold Ephraim Lessing (1729 bis 1781).

Nach dem Vortrag trat unser Berliner an Lessings Tisch und meinte: »Ick jloobe nich an ihr!«

»Woran glauben Sie nicht?« fragte Lessing.

»Nu, an de Unsterblichkeit.«

»Warum denn nicht?«

»Ja, sehn Se, wenn ick dran jloobte und se kommt nich, denn ärgerte ick mir. Wenn ick dran jloobe und se kommt doch noch, so finde ick weita nischt dabei; wenn ick aber nich dran jloobe und se kommt, so freie ick mir. Merken Se wat? Drum jloobe ick nich an de Unsterblichkeit.«

Reiseprobleme

Der Dichter Max Halbe (1865 bis 1944) besuchte zur Uraufführung eines seiner Dramen die Stadt Berlin. Es war schön in Berlin, und Halbe fand Gefallen an den weinfröhlichen Abenden im Kreise des Bühnenvolkes. Die Rückkehr in die Münchner Heimat wurde von Tag zu Tag hinausgeschoben. Aber einmal mußte es doch sein, schließlich wartete seine treusorgende Gattin.
Aber es gab plötzlich ein neues Reiseproblem. Nach einer durchzechten Abschiedsnacht waren Koffer und Geld im Hotel gestohlen worden. Einer von Halbes guten Freunden, der Theaterdirektor Paul Schlenther, gab sofort ein Fernschreiben an Frau Halbe durch: »Max sitzt ohne Mittel, Rückkehr unmöglich, da Koffer gestohlen.«
Sofort drahtete die Entsetzte aus München zurück: »Nehmt besten Anwalt! Max darf nicht verurteilt werden. Bezeugt alle, daß er wieder betrunken war.«

In der Klinik

». . . beachten Sie ferner, meine Herren, das blöde Glotzauge, diese Gurkennase, und Sie haben den klassischen Typ des Gewohnheitssäufers«, dozierte gelehrt der Chefarzt in einer Berliner Klinik vor einem Patienten.
Der drauf: »Na, Herr Professor, der Scheenste sind Sie aber ooch jrade nich!«

In der Kürze liegt die Würze

Am Rausch ist nicht der Wein schuld,
sondern der Trinker.

Konfuzius

Immer durstig

Also sprach der fröhliche Zecher zu seinem Weibe: »Alte, weckst mich, wenn ich durstig bin!«
»Wann hast Du denn Durst?«
»Wannst mich weckst.«

Volksmund

Wie sagt doch der Volksmund: »Nirgends wird mehr gelogen als vor der Hochzeit, nach der Jagd und während der Traubenlese!«

Weinlob

Von einem besonders guten Wein sagt man: »Das ist ein Wein, der die Moral beflügelt – damit sie wegfliegen kann!«

Richtig so

Eine fränkische Weisheit:
»Wenn einer ißt, iß mit!
Wenn einer trinkt, trink mit!
Wenn einer schafft, laß'n schaffe!«

Weisheit

An diese alte Weisheit sollte man sich ebenfalls halten: »Stört dich der Wein bei der Arbeit, dann gib die Arbeit auf!«

Religiosität

Verkosten alte Weinkenner einen besonders guten Tropfen, dann lautet häufig ihr Kommentar: »Teifi, Teifi, ist der gut!«
Handelt es sich um einen weniger guten Wein, dann hört sich das Urteil so an: »Herrgott, ist der sauer ...«

Alkoholgegner

Ein absoluter Alkoholgegner kam einmal in eine fröhliche Gesellschaft, in der die Becher hurtig kreisten. Man bot auch ihm ein Glas an, das er empört ablehnte: »Lieber würde ich Ehebruch begehen, als dieses Glas anzurühren!«
Da schaute ihn sein Gastgeber an und meinte dann schmunzelnd: »Wer würde das wohl nicht?«

Giraffenhals

Bei einem besonders guten Tropfen schnalzt der Kenner mit der Zunge und äußert einen frommen Wunsch: »Damit dieser Wein ganz langsam hinunterläuft, hätte ich am liebsten einen Hals wie eine Giraffe – mit eingebauter Wendeltreppe.«

Beleidigung

Also sprach ein wackerer Zecher vom Mittelrhein: »Wer mir Alkohol anbietet, der beleidigt mich. Und was macht man in einem solchen Falle? – Man schluckt die Beleidigung hinunter!«

Erfahrung

»Wenn ich an einer Weinstube vorbeikomm, kann ich nicht widerstehen«, sprach der alte Zechbruder. »Und wenn ich herauskomm, kann ich wieder nicht stehen.«

Flaschenfüllung

Eine Weisheit von der Nahe: »Manche Menschen sollten überhaupt keinen Wein trinken. Es lohnt sich nicht, eine Flasche in die andere zu gießen!«

Der Wein macht's

Wird ein wackerer Zecher uralt, dann heißt's: Den hat der Wein erhalten!
Stirbt ein Zecher früh, hat er sich einfach totgesoffen!«

Kreuzung

Scherzfrage: Welches Getränk kann aus einer Kreuzung des Rebstockes mit Hopfen gewonnen werden?
Ganz einfach: Schaumwein . . .

Vergleich

Wer ein echter Jude ist, der verabscheut bekanntlich das Schweinefleisch wie den Teufel. Somit ist es ein recht treffender Vergleich, wenn man im Rheingau über einen besonders guten Wein meint: »Eher brennt dem Judd' sein Saustall ab, als daß von diesem Wein ein Tropfen verschüttet wird!«

Treffend

Tätigkeitsbericht eines Auszubildenden, der aus einem Mischbetrieb (Weinbau und Landwirtschaft) kommt: »Morgens habe ich Wein und nachmittags Schweine abgestochen.«

Preisfrage

Warum halten so viele Pfälzer ihren Schoppen Wein in der linken Hand?
Weil Sie mit der Rechten die Leber beruhigen müssen.

Unterschied

Was ist der Unterschied zwischen Griechen und Römern? Die Griechen können aus Römern trinken.

Wahrheit

»Merkwürdige Sitte, mit den Gläsern anzustoßen, was?« »Finde ich nicht. Im Wein liegt bekanntlich Wahrheit. Und mit der Wahrheit stößt man überall an . . .«

Sie haben mitgeholfen

Ein Schmunzelbuch-Autor kann sich natürlich manches aus den Fingern saugen und einiges aus einem stattlichen Weinwitz-Archiv greifen. Aber ohne die Anregungen und die Mithilfe von zahlreichen guten Bekannten aus Weinbaukreisen wäre dieses Werk schon etwas dünner geworden. Deshalb ist ein besonderer Dank angebracht für

- Fritz Allendorf, Präsident des Rheingauer Weinbauverbandes und Winzer, Winkel;
- Ulrike Bußmann, ehemalige Deutsche Weinkönigin, Martinsthal/Rheingau;
- Jochen Freihold, Direktor des Fränkischen Weinbauverbandes, Würzburg;
- Dieter Hörner, Geschäftsführer des Vereins Südliche Weinstraße e. V., Landau;
- Josef Kees, Weingut Kees-Kieren, Graach an der Mosel;
- Günter Lenz, Winzer in Pünderich an der Mosel;
- Rita Moog, ehemalige Deutsche Weinkönigin aus Valwig/Mosel;
- Dieter Schlagkamp, Bürgermeister und Winzer in Senheim/Mosel;
- Werner Schwartz, Hüter des Weingartens in Berlin-Neukölln;
- Dr. med. Siegfried Weiß, Kleinwinzer und Mediziner i. R. an der Hessischen Bergstraße.

Schließlich bleibt, wie's bei verheirateten Weinbuch-Autoren nicht ganz selbstverständlich ist, die eigene Gattin Irene lobend zu erwähnen, die sowohl eifrige Witz-Zuträgerin als auch erbarmungslose Kritikerin war.

Rudolf Knoll
Das Weinbuch der Rekorde

Dieses amüsant geschriebene Buch enthält alle Superlative rund um den Wein: vom ersten wissenschaftlichen Gehversuch des Bundespräsidenten Theodor Heuss, der seine Doktorarbeit über ein Weinthema schrieb und lebenslang dem edlen Tropfen treu blieb, über den wertvollsten, teuersten und ältesten Wein der Welt, den größten Weinskandal bis hin zur raffiniertesten Weinkönigin, zum ketzerischsten Weinwitz und zum ersten aller Bücher über den Wein.
Das Weinbuch der Rekorde ist ein wahrer Freudenspender für Sie und Ihn – »Stoff genug für unzählige Weinproben«, wie »Die Weinwirtschaft« schrieb.

Weitere Urteile:
Münchner Merkur: »Ein gelungener Freudenspender – nicht nur für Weinfreunde.«
Falstaff, Wien: »Amüsant und flott geschrieben: das Guiness-Buch der Rekorde zum Thema Wein.«
FAZ: »Eine amüsante Lektüre.«
Der deutsche Weinbau: »So mancher Weinprobenleiter wird aufatmen; bietet dieses Buch ihm doch eine Fülle an netten und wissenswerten Informationen, die im Rahmen einer Weinprobe an Weinfreunde weitergegeben werden können.«
Wiesbadener Kurier: »Das Weinbuch der Rekorde ist übrigens selbst ein Superlativ: es ist das erste Rekordbuch, das sich um Wein kümmert.«

Seewald Verlag Stuttgart

Helmut Hochrain
Wein ist wunderbar
Das 1 × 1 des Weineinkaufs

Hier erfahren Sie, welcher Weintyp der Ihre ist, und Sie finden handfeste Informationen über Rebsorten, Anbaugebiete, Lagen, Qualitätsbezeichnungen, deutsche und ausländische Weine, gleich ob sie nun aus der DDR oder aus Neuseeland kommen.

Und so urteilt die Presse:
Diners Club Magazin: »Ein Weinbuch, das neu ist in seiner Art: Nicht Weinbeschreibungen stehen im Mittelpunkt, sondern weinbezügliche Ratschläge für die Praxis, vom richtigen Einkauf bis zum richtigen Einschenken.«
ekz-Informationsdienst: »Was den neuen Hochrain anschaffenswert macht, sind der Einstieg und die Methode. Hier gelingt es, den Weinkäufer ohne viel Vorkenntnis schrittweise und leicht faßlich mit den nötigen allgemeinen Informationen (Rebsorten, Weinregionen, Flaschenetikett usw.) und speziell damit vertraut zu machen, daß Weinkauf keineswegs nur eine Sache des Kaufpreises ist, sondern wesentlich auch eine des individuellen Geschmacks, den es zu finden und zu üben gilt. Ein ergiebiger ›Grundkurs‹.«
Schweizer Hotel-Journal: »Seit sich herausgestellt hat, daß im Wein oftmals nicht nur Wahrheit liegt, sondern auch Zucker in allen Variationen vorhanden ist, hat der Wunsch nach zuverlässiger Information stark zugenommen. Diesem Trend kommt das Buch ›Wein ist wunderbar‹ entgegen.«

Seewald Verlag Stuttgart